說東道西

魯迅 周作人 林語堂 等

錢理群 編

香港城市大學出版社
City University of Hong Kong Press

項目統籌	陳小歡
實習編輯	陳鎂琪（香港城市大學犯罪學及社會學系四年級）
書籍設計	蕭慧敏

國際統一書號：978-962-937-389-4

出版

　　香港城市大學出版社
　　香港九龍達之路
　　香港城市大學
　　網址：www.cityu.edu.hk/upress
　　電郵：upress@cityu.edu.hk

Remarks on the East and West

(in traditional Chinese characters)

ISBN: 978-962-937-389-4

Published by

　　City University of Hong Kong Press
　　Tat Chee Avenue
　　Kowloon, Hong Kong
　　Website: www.cityu.edu.hk/upress
　　E-mail: upress@cityu.edu.hk

Printed in Hong Kong

目錄

編輯說明

本「課堂外的讀本系列」由陳平原、錢理群、黃子平教授分別編選。

為了尊重原作，除了個別標點及明顯的排印錯誤外，本叢書的一些習慣用法及其措辭均依舊原文排印，其中個別不符合當下習慣者，請讀者諒解。

收聽有聲書方法

本書每篇文章均提供免費錄音，讀者可選擇以下其中一種方法收聽：

方法一：以智能手機掃描文章右上角之二維碼（QR code），即可收聽該篇文章之錄音。

方法二：登入 Youtube.com 網站：

    i. 搜尋 "CityUPressHK"；

    ii. 然後點擊 CityUPressHK 頻道；

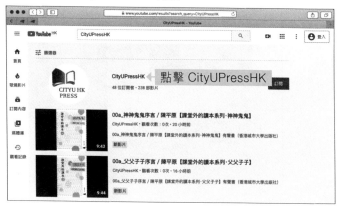

iii. 進入 CityUPressHK 頻道後,點擊「播放清單」,然後選擇【課堂外的讀本系列・說東道西】,收聽有關文章的錄音。

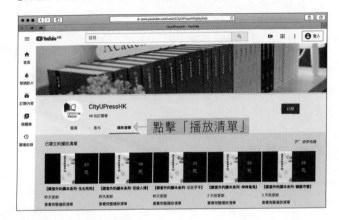

方法三: 直接登入【課堂外的讀本系列・說東道西】播放清單網頁:
www.youtube.com/playlist?list=PL7Jm9R068Z3t7s1mv2QPXNB9WyZD_ltfl

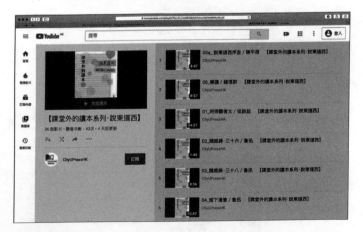

序言

陳平原

據說，分專題編散文集我們是始作俑者，而且這一思路目前頗能為讀者接受，這才真叫「無心插柳柳成蔭」。當初編這套叢書時，考慮的是我們自己的趣味，能否暢銷是出版社的事，我們不管。並非故示清高或推卸責任，因為這對我們來說純屬「玩票」，不靠它賺名聲，也不靠它發財。説來好玩，最初的設想只是希望有一套文章好讀、裝幀好看的小書，可以送朋友，也可以擱在書架上。如今書出得很多，可真叫人看一眼就喜歡，願把它放在自己的書架上隨時欣賞把玩的卻極少。好文章難得，不敢說「野無遺賢」，也不敢說入選者皆「字字珠璣」，只能說我們選得相當認真，也大致體現了我們對二十世紀中國散文的某些想法。「選家」之事，説難就難，説易就易，這點如魚飲水，冷暖自知。

記得那是一九八八年春天，人民文學出版社約我編《林語堂散文集》。此前我寫過幾篇關於林氏的研究文章，編起來很容易，可就是沒興致。偶然説起我們對二十世紀中國散文的看法，以及分專題編一套小書的設想，沒想到出版社很欣賞。這樣，一九八八年暑假，錢理群、黃子平和我三人，又重新合作，大熱天悶在老錢那間十平方米的小屋裏讀書，先擬定體例，劃分專題，再分頭選文；讀到出乎意料之外的好文章，當即「奇文共欣賞」；不過也淘汰了大批徒有虛名的「名作」。開始以為遍地黃金，撿不勝撿；可沙裏淘金一番，才知道好文章實在並不多，每個專題才選了那麼幾萬字，根本不夠原定的字數。開學以後又泡

圖書館，又翻舊期刊，到一九八九年春天才初步編好。接着就是撰寫各書的導讀，不想隨意敷衍幾句，希望能體現我們的趣味和追求，而這又是頗費斟酌的事。一開始是「玩票」，越做越認真，變成撰寫二十世紀中國散文史的準備工作。只是因為突然的變故，這套小書的誕生小有周折。

對於我們三人來説，這遲到的禮物，最大的意義是紀念當初那愉快的學術對話。就為了編這幾本小書，居然「大動干戈」，臉紅耳赤了好幾回，實在不夠灑脱。現在回想起來，確實有點好笑。總有人問，你們三個弄了大半天，就編了這幾本小書，值得嗎？我也説不清。似乎做學問有時也得講興致，不能老是計算「成本」和「利潤」。唯一有點遺憾的是，書出得不如以前想像的那麼好看。

這套小書最表面的特徵是選文廣泛和突出文化意味，而其根本則是我們對「散文」的獨特理解。從章太炎、梁啟超一直選到汪曾祺、賈平凹，這自然是與我們提出的「二十世紀中國文學」概念密切相關。之所以選入部分清末民初半文半白甚至純粹文言的文章，目的是借此凸現二十世紀中國散文與傳統散文的聯繫。魯迅説五四文學發展中「散文小品的成功，幾乎在小説戲曲和詩歌之上」（〈小品文的危機〉），原因大概是散文小品穩中求變，守舊出新，更多得到傳統文學的滋養。周作人突出明末公安派文學與新文學的精神聯繫（〈雜拌兒跋〉和《中國新文

學的源流》），反對將五四文學視為歐美文學的移植，這點很有見地。但如以散文為例，單講輸入的速寫（sketch）、隨筆（essay）和「阜利通」（feuilleton）[1] 固然不夠，再搭上明末小品的影響也還不夠；魏晉的清談、唐末的雜文、宋人的語錄，還有唐宋八大家乃至「桐城謬種選學妖孽」，都曾在本世紀的中國散文中產生過遙遠而深沉的回音。

　　面對這一古老而又生機勃勃的文體，學者們似乎有點手足無措。五四時輸出「美文」的概念，目的是想證明用白話文也能寫出好文章。可「美文」概念很容易被理解為只能寫景和抒情；雖然由於魯迅雜文的成就，政治批評和文學批評的短文，也被劃入散文的範圍，卻總歸不是嫡系。世人心目中的散文，似乎只能是風花雪月加上悲歡離合，還有一連串莫名其妙的比喻和形容詞，甜得發膩，或者借用徐志摩的話：「濃得化不開」。至於學者式重知識重趣味的疏淡的閒話，有點苦澀，有點清幽，雖不大容易為入世未深的青年所欣賞，卻更得中國古代散文的神韻。不只是逃避過分華麗的辭藻，也不只是落筆時的自然大方，這種雅致與瀟灑，更多的是一種心態、一種學養，一種無以名之但確能體會到的「文化味」。比起小說、詩歌、戲劇，散文更講渾然天成，更難造假與敷衍，更依賴於作者的才情、悟性與意趣——因其「技術性」不強，很容易寫，但很難寫好，這是一種「看似容易成卻難」的文體。

1.　阜利通：英文 feuilleton 的音譯，指短篇小品文。

選擇一批有文化意味而又妙趣橫生的散文分專題彙編成冊，一方面是讓讀者體會到「文化」不僅凝聚在高文典冊上，而且滲透在日常生活中，落實為你所熟悉的一種情感，一種心態，一種習俗，一種生活方式；另一方面則是希望借此改變世人對散文的偏見。讓讀者自己品味這些很少「寫景」也不怎麼「抒情」的「閒話」，遠比給出一個我們認為準確的「散文」定義更有價值。

　　當然，這只是對二十世紀中國散文的一種讀法，完全可以有另外的眼光、另外的讀法。在很多場合，沉默本身比開口更有力量，空白也比文字更能說明問題。細心的讀者不難發現我們淘汰了不少名家名作，這可能會引起不少人的好奇和憤怒。無意故作驚人之語，只不過是忠實於自己的眼光和趣味，再加上「漫說文化」這一特殊視角。不敢保證好文章都能入選，只是入選者必須是好文章，因為這畢竟不是以藝術成就高低為唯一取捨標準的散文選。希望讀者能接受這有個性有鋒芒因而也就可能有偏見的「漫說文化」。

一九九二年九月八日於北大

導讀

錢理群

　　自從中國大門打開以後，我們就開始說「東」道「西」。

　　而且不停地「說」——從上世紀中葉「說」到現在，恐怕還要繼續「說」下去，差不多成了「世紀性」甚至「超世紀性」的話題。

　　而且眾「說」紛紜。你「說」過來我「道」過去，幾乎沒有一個現代知識分子不曾就這個「永遠的熱門」發表過高見，與此相關的著作不說「汗牛充棟」，大概也難以計數；至於普通老百姓在茶餘飯後乘興發表的妙論，更是隨處可聞，可惜無人記載，也就流傳不下來。

　　流傳下來的，有體系嚴密的宏文偉論，也有興之所至的隨感。儘管仍然是知識分子的眼光，但因為是毫不經意之中「侃」出來的，也就更見「真性情」，或者說，更能顯出講話人（中國現代知識分子）在說「東」道「西」之時的心態、風貌與氣度。這，也正是我們的興趣所在；與其關心「說什麼」，還不如關心「以怎樣的姿態」去說——這也許更是一種「文學」的觀照吧。

　　以此種態度去讀本集中的文章，我們首先感受到的是以「世界民」自居的全球意識，由此而產生的恢宏的眼光，人類愛的博大情懷。周作人寫過一篇題為〈結緣豆〉的文章，說他喜歡佛教裏「緣」這個字，「覺得頗能說明人世間的許多事情」，「卻更帶一點兒詩意」；在某種意義上，所謂「全球意識」，就是對自我（以及本民族）與生活在地球上的其他人（以及其他民族）之間所存在的「緣分」的發現，這種「發現」是真

正富有詩意的。只要讀一讀收入本集中的周作人所寫的〈緣日〉、〈關於雷公〉、〈日本的衣食住〉等文，就不難體會到，他們那一代人從民俗的比較、研究中，發現了中國人、中國文化與隔海相望的日本人、日本文化內在的相通與相異時，曾經產生過怎樣的由衷的喜悅，那自然流露的會心的微笑，是十分感人的。而在另外一些作家例如魯迅那裏，他從「中國（中國人）」與「世界（世界民）」關係中發現的是「中國（中國人）」「國粹」太多（也即歷史傳統的包袱過於沉重），「太特別，便難與種種人協同生長，掙得地位」，從而產生了「中國（中國人）」如不事變革，便「要從『世界人』中擠出」的「大恐懼」（〈隨感錄・三十六〉），這種成為「世界（人類）孤兒」的孤獨感與危機感，同樣是感人的。而擁有這種自覺的民族「孤獨感」的，又僅僅是魯迅這樣的少數敏感的知識分子，在當時，民族的大多數仍沉溺於「合群的愛國的自大」的迷狂，先驅者就愈加陷入孤獨寂寞的大澤之中，如周作人所說，這是「在人群中」所感到的「不可堪的寂寞」，真「有如在廟會時擠在潮水般的人叢裏，特別像是一片樹葉，與一切絕緣而孤立着」。我們前面所說與世界人「結緣」的喜悅裏其實是內含着淡淡的、難以言傳的哀愁與孤寂之苦的。我們說「人類意識」的「博大情懷」，原是指一種相當豐富、複雜的感情世界：人類愛與人類憂患總是互相糾結為一體，這其間具有深厚度的「詩意」，是需要我們細心體味，切切不可簡單化的。

同樣引人注目的是，前輩人在説「東」道「西」時所顯示的平等、獨立意識。如魯迅所説，這原本也是中國的「國粹」；遙想漢唐人「多少閎放」，「魄力究竟雄大」，「人民具有不至於為異族奴隸的自信心」，「凡取用外來事物的時候，就如將彼俘來一樣，自由驅使，絕不介懷」，只有到了近代，封建制度「衰弊陵夷之際」，這才神經衰弱過敏起來，「每遇外國東西，便覺得彷彿彼來俘我一樣，推拒，惶恐，退縮，逃避，抖成一團」了（〈看鏡有感〉），魯迅在二三十年代一再地大聲疾呼，要恢復與建立「民族自信心」，這是抓住了「要害」的。讀者如果有興趣讀一讀收入本集中的林語堂的《中國文化之精神》與《傅雷家書》的選錄，自不難發現，其中的「自信」，作者的立足點是：在「人類文化」的發展面前，各民族的文化是平等的，他們各自的獨立「個性」都應當受到尊重。因此，作者才能以那樣平和的語調，灑脱的態度，對各民族（自然包括本民族）文化的優劣得失，作自由無羈的評説。這裏所持的「人類文化」的價值尺度與眼光，並不排斥文化評價中的民族意識，但卻與民族自大、自卑（這是可以迅速轉化的兩極）的心理變態根本無緣，而表現出更為健全的民族心態：它既自尊，清楚自己的價值；又自重，絕不以否定或攀援別一民族的文化來換取對自己的肯定；更以清醒的自我批判精神，公開承認自己的不足，保持一面向世界文化開放，一面又不斷進行自我更新的態勢。這正是民族文化，以至整個民族振興的希望所

在。近年來，人們頗喜歡談「傳統」；那麼，這也是一種「傳統」，是「五四」所開創的「傳統」，我們應該認真地加以總結與發揚，這大概是「不言而喻」的吧。

讀者也許還會注意到，許多作者在説「東」道「西」時，字裏行間常充滿了幽默感。這些現代知識分子，一旦取得了「世界民」的眼光、胸襟，以清醒的理性精神，去考察「東」、「西」文化，就必然取得「觀照的距離」，站在「人類文化」的制高點上，「東」、「西」文化在互為參照之下，都同時顯示出自身的謬誤與獨特價值，這既「可笑」又「可愛」的兩個側面，極大地刺激了作家們的幽默感，在「忍俊不禁」之中，既包孕着慈愛與温馨，又內含着苦澀；這樣的「幽默」，豐厚而不輕飄，既耐品味，又引人深思，是可以把讀者的精神昇華到一個新的境界的。

一九八九年五月十二日寫畢

一九九一年十二月十一日再修改

呵旁觀者文

梁啟超

天下最可厭可憎可鄙之人，莫過於旁觀者。

旁觀者，如立於東岸，觀西岸之火災，而望其紅光以為樂；如立於此船，觀彼船之沉溺，而睹其鳧浴以為歡。若是者，謂之陰險也不可，謂之狠毒也不可，此種人無以名之，名之曰無血性。嗟乎，血性者人類之所以生，世界之所以立也，無血性則是無人類無世界也。故旁觀者，人類之蟊賊，世界之仇敵也。

人生於天地之間，各有責任。知責任者大丈夫之始也，行責任者大丈夫之終也。自放棄其責任，則是自放棄其所以為人之具也。是故人也者，對於一家而有一家之責任，對於一國而有一國之責任，對於世界而有世界之責任。一家之人各各自放棄其責任，則家必落；一國之人各各自放棄其責任，則國必亡；全世界人人各各自放棄其責任，則世界必毀。旁觀云者，放棄責任之謂也。

中國詞章家有警語二句曰：「濟人利物非吾事，自有周公孔聖人。」中國尋常人有熟語二句，曰：「各人自掃門前雪，不管他人瓦上霜。」此數語者，實旁觀派之經典也，口號也。而此種經典口號，深入於全國人之腦中，拂之不去，滌之不淨。質而言之，即旁觀二字代表吾全國人之性質也。是即無血性三字為吾全國人所專有物也。嗚呼，吾為此懼。

旁觀者，立於客位之意義也。天下事不能有客而無主。譬之一家，大而教訓其子弟，綜核其財產，小而啟閉其門戶，灑掃其庭除，皆主人之事也。主人為誰，即一家之人是也。一家之人，各盡其主人之職而家以成。若一家之人各自立於客位，父諉之於子，子諉之於父，兄諉之於弟，弟諉之於兄，夫諉之於婦，婦諉之於夫，是之謂無主之家。無主之家，其敗亡可立而待也。唯國亦然。一國之主人為誰，即一國之人是也。西國之所以強者無他焉，一國之人各盡其主人之職而已。中國則不然。入其國，問其主人為誰，莫之承也。將謂百姓為主人歟，百姓曰：此官吏之事也，我何與焉。將謂官吏為主人歟，官吏曰：我之尸此位也，為吾威勢耳，為吾利源耳，其他我何知焉。若是乎一國雖大，竟無一主人也。無主人之國，則奴僕從而弄之，盜賊從而奪之，固宜，詩曰：子有庭內，弗灑弗掃；子有鐘鼓，弗鼓弗考；宛其死矣，他人是保。此天理所必至也，於人乎何尤。

　夫對於他人之家他人之國而旁觀焉，猶可言也。何也，我固客也。俠者之義，雖對於他國他家，亦不當旁觀，今姑置勿論。對於吾家吾國而旁觀焉，不可言也。何也，我固主人也。我尚旁觀，而更望誰之代吾責也。大抵家國之盛衰興亡，恆以其家中國中旁觀者之有無多少為差。國人無一旁觀者，國雖小而必興；國人盡為旁觀者，國雖大而必亡。今吾觀中國四萬萬人，皆旁觀者也。謂余不信，請徵其流派。

　一曰渾沌派。此派者，可謂之無腦筋之動物也。彼等不知有所謂世界，不知有所謂國，不知何者為可憂，不知何者為可懼。質而論之，即不知人世間有應做之事也。飢而食，飽而遊，困而睡，覺

而起，戶以內即其小天地，爭一錢可以隕身命。彼等既不知有事，何所謂辦與不辦。既不知有國，何所謂亡與不亡。譬之游魚居將沸之鼎，猶誤為水暖之春江；巢燕處半火之堂，猶疑為照屋之出日。彼等之生也，如以機器製成者，能運動而不能知覺。其死也，如以電氣殛斃者，有墮落而不有苦痛，蠕蠕然度數十寒暑而已。彼等雖為旁觀者，然曾不自知其為旁觀者，吾命之為旁觀派中之天民。四萬萬人中屬於此派者，殆不止三萬五千萬人。然此又非徒不識字不治生之人而已。天下固有不識字不治生之人而不渾沌者，亦有號稱能識字能治生之人而實大渾沌者。大抵京外大小數十萬之官吏，應鄉會歲科試數百萬之士子，滿天下之商人，皆於其中十有九屬於此派者。

二曰為我派。此派者，俗語所謂遇雷打尚按住荷包者也。事之當辦，彼非不知；國之將亡，彼非不知。雖然，辦此事而無益於我，則我唯旁觀而已。亡此國而無損於我，則我唯旁觀而已，若馮道當五季鼎沸之際，朝梁夕晉，猶以五朝元老自誇，張之洞自言瓜分之後，尚不失為小朝廷大臣，皆此類也。彼等在世界中，似是常立於主位而非立於客位者。雖然，不過以公眾之事業，而計其一己之利害。若夫公眾之利害，則彼始終旁觀者也。吾昔見日本報紙中有一段，最能摹寫此輩情形者。其言曰：

> 吾嘗遊遼東半島，見其沿道人民，察其情態，彼等於國家存亡危機，如不自知者。彼等之待日本軍隊，不見為敵人，而見為商店之主顧客。彼等心目中不知有遼東半島割歸日本與否之問題。唯知有日本銀色與紋銀兌換補水幾何之問題。

呵旁觀者文　3

此實寫出魑魅罔兩之情狀，如禹鼎鑄奸矣。推為我之敵。割數千里之地，賠數百兆之款，以易其衙門咫尺之地，而曾無所顧惜。何也，吾今者既已六七十矣，但求目前數年無事，至一瞑之後，雖天翻地覆非所問也。明知官場積習之當改而必不肯改，吾衣領飯碗之所在也。明知學校科舉之當變而不肯變，吾子孫出身之所由他。此派者，以老聃為先聖，以楊朱為先師，一國中無論為官為紳為士為商，其據要津握重權者皆此輩也。故此派有左右世界之力量。一國聰明才智之士，皆走集於其旗下。而方在萌芽卵孵之少年子弟，轉率仿效之。如麻瘋肺病者傳其種於子孫，故遺毒遍於天下，此為旁觀派中之最有魔力者。

三曰：嗚呼派。何謂嗚呼派，彼輩以諮嗟太息痛哭流涕為獨一無二之事業者也。其面常有憂國之容，其口不少哀時之語。告以事之當辦，彼則曰誠當辦也，奈無從辦起何。告以國之已危，彼則曰誠極危也，奈已無可救何。再窮詰之，彼則曰：國運而已，天心而已。無可奈何四字是其口訣，束手待斃一語是其真傳。如見火之起，不務撲滅，而太息於火勢之熾炎，如見人之溺，不思拯援，而痛恨於波濤之澎湃。此派者，彼固自謂非旁觀者也，然他人之旁觀也以目，彼輩之旁觀也以口，彼輩非不關心國事，然以國事為詩料，非不好言時務，然以時務為談資者也。吾人讀波蘭滅亡之記，埃及慘狀之史，何嘗不為之感歎，然無益於波蘭埃及者，以吾固旁觀也。吾人見菲律賓與美血戰，何嘗不為之起敬，然無助於菲律賓者，以吾固旁觀也。所謂嗚呼派派者，何以異是。此派似無補於世界，亦無害於世界者，雖然，灰國民之志氣，阻將來之進步，其罪實不薄也。此派者，一國中號稱名士者皆歸之。

四曰：笑罵派。此派者，謂之旁觀，寧謂之後觀。以其常立於人之背後，而以冷言熱語批評人者也。彼輩不唯自為旁觀者，又欲逼人使不得不為旁觀者。既罵守舊，亦罵維新；既罵小人，亦罵君子。對老輩則罵其暮氣已深，對青年則罵其躁進喜事。事之成也，則曰豎子成名；事之敗也，則曰吾早料及。彼輩常自立於無可指摘之地，何也，不辦事故無可指摘，旁觀故無可指摘。己不辦事，而立於辦事者之後，引繩批根以嘲諷掊擊，此最巧黠之術，而使勇者所以短氣，怯者所以灰心也。豈直使人灰心短氣而已，而將成之事，彼輩必以笑罵沮之；已成之事，彼輩能以笑罵敗之，故彼輩者世界之陰人也。夫排斥人未嘗不可，己有主義欲伸之，而排斥他人之主義，此西國政黨所不諱也。然彼笑罵派果有何主義乎。譬之孤舟遇風於大洋，彼輩罵風罵波罵大洋罵孤舟，乃至遍罵同舟之人。若問此船當以何術可達彼岸乎，彼等瞠然無對也。何也，彼輩借旁觀以行笑罵，失旁觀之地位，則無笑罵也。

五曰：暴棄派。嗚呼派者，以天下為無可為之事。暴棄派者，以我為無可為之人也。笑罵派者，常責人而不責己。暴棄派者，常望人而不望己也。彼輩之意，以為一國四百兆人，其三百九十九兆九億九萬九千九百九十九人中，才智不知幾許，英傑不知幾許，我之一人豈足輕重。推此派之極弊，必至四百兆人，人人皆除出自己，而以國事望諸其餘之三百九十九兆九億九萬九千九百九十九人。統計而互消之，則是四百兆人，卒至實無一人也。夫國事者，國民人人各自有其責任者也。愈賢智則其責任愈大。即愚不肖亦不過責任稍小而已，不能謂之無也。他人雖有絕大智慧絕大能力，只能盡其本身份內之責任，豈能有分毫之代我。譬

之欲不食而使善飯者為我代食，欲不寢而使善睡者為我代寢，能乎否乎。夫我雖愚不肖，然既為人矣，即為人類之一分子也，既生此國矣，即為國民之一阿屯也。我暴棄己之一身，猶可言也，污蔑人類之資格，滅損國民之體面，不可言也。故暴棄者實人道之罪人也。

六曰：待時派。此派者有旁觀之實，而不自居其名者也。夫待之云者，得不得未可必之詞也。吾待至可以辦事之時然後辦之，若終無其時，則是終不辦也。尋常之旁觀則旁觀人事，彼輩之旁觀則旁觀天時也。且必如何然後為可以辦事之時，豈有定形哉。辦事者無時而非可辦之時，不辦事者無時而非不可辦之時。故有志之士，唯造時勢而已，未聞有待時勢者也。待時云者，欲覘風潮之所向，而從旁拾其餘利。向於東則隨之而東，向於西則隨之而西，是鄉愿之本色，而旁觀派之最巧者也。

以上六派，吾中國人之性質盡於是矣。其為派不同，而其為旁觀者則同。若是乎，吾中國四萬萬人，果無一非旁觀者也。吾中國雖有四萬萬人，果無一主人也。以無一主人之國，而立於世界生存競爭最劇最烈萬鬼環瞰百虎眈視之大舞台，吾不知其如何而可也。六派之中，第一派為不知責任之人，以下五派為不行責任之人。知而不行，與不知等耳。且彼不知者猶有冀焉。冀其他日之知而即行也。若知而不行，則是自絕於天地也。故吾責第一派之人猶淺，責以下五派之人最深。

雖然，以陽明學知行合一之說論之，彼知而不行者，終是未知而已。苟知之極明，則行之必極勇。猛虎在於後，雖跛者或能躍數丈之澗。燎火及於鄰，雖弱者或能運千鈞之力。何也，彼確知猛虎大火之一至，而吾之性命必無幸也。夫國亡種滅之慘酷，又豈止

猛虎大火而已。吾以為舉國之旁觀者直未知之耳，或知其一二而未知其究竟耳。若真知之，若究竟知之，吾意雖箝其手緘其口，猶不能使之默然而息，塊然而坐也。安有悠悠日月，歌舞太平，如此江山，坐付他族，袖手而作壁上之觀，面縛以待死期之至，如今日者耶。嗟乎，今之擁高位秩厚祿，與夫號稱先達名士有聞於時者，皆一國中過去之人也。如已退院之僧，如已閉房之婦，彼自顧此身之寄居此世界，不知尚有幾年，故其於國也有過客之觀。其苟且以媮逸樂，袖手以終餘年，固無足怪焉。若我輩青年，正一國將來之主人也，與此國為緣之日正長。前途茫茫，未知所屆。國之興也，我輩實躬享其榮；國之亡也，我輩實親嘗其慘。欲避無可避，欲逃無可逃，其榮也非他人之所得攘，其慘也非他人之所得代。言念及此，夫寧可旁觀耶，夫寧可旁觀耶。吾豈好為深文刻薄之言以罵盡天下哉，毋亦發於不忍旁觀區區之苦心，不得不大聲疾呼，以為我同胞四萬萬人告也。

　　旁觀之反對曰任。孔子曰：天下有道，丘不與易也。孟子曰：如欲平治天下，當今之世，捨我其誰也。任之謂也。

（選自《飲冰室合集・文集》2 冊，上海：中華書局，1936 年）

隨感錄‧三十六

魯迅

現在許多人有大恐懼；我也有大恐懼。

許多人所怕的，是「中國人」這名目要消滅；我所怕的，是中國人要從「世界人」中擠出。

我以為「中國人」這名目，決不會消滅；只要人種還在，總是中國人。譬如埃及猶太人，無論他們還有「國粹」沒有，現在總叫他埃及猶太人，未嘗改了稱呼。可見保存名目，全不必勞力費心。

但是想在現今的世界上，協同生長，掙一地位，即須有相當的進步的智識，道德，品格，思想，才能夠站得住腳：這事極須勞力費心。而「國粹」多的國民，尤為勞力費心，因為他的「粹」太多。粹太多，便太特別。太特別，便難與種種人協同生長，掙得地位。有人說：「我們要特別生長；不然，何以為中國人！」

於是乎要從「世界人」中擠出。

於是乎中國人失了世界，卻暫時仍要在這世界上住！——這便是我的大恐懼。

（選自《魯迅全集》1卷，北京：人民文學出版社，1981年）

隨感錄‧三十八

魯迅

　　中國人向來有點自大。──只可惜沒有「個人的自大」，都是「合群的愛國的自大」。這便是文化競爭失敗之後，不能再見振拔改進的原因。

　　「個人的自大」，就是獨異，是對庸眾宣戰。除精神病學上的誇大狂外，這種自大的人，大抵有幾分天才，──照 Nordau 等說，也可說就是幾分狂氣。他們必定自己覺得思想見識高出庸眾之上，又為庸眾所不懂，所以憤世疾俗，漸漸變成厭世家，或「國民之敵」。但一切新思想，多從他們出來，政治上宗教上道德上的改革，也從他們發端。所以多有這「個人的自大」的國民，真是多福氣！多幸運！

　　「合群的自大」，「愛國的自大」，是黨同伐異，是對少數的天才宣戰；──至於對別國文明宣戰，卻尚在其次。他們自己毫無特別才能，可以誇示於人，所以把這國拿來做個影子；他們把國裏的習慣制度抬得很高，讚美的了不得：他們的國粹，既然這樣有榮光，他們自然也有榮光了！倘若遇見攻擊，他們也不必自去應戰，因為這種蹲在影子裏張目搖舌的人，數目極多，只須用 mob 的長技，一陣亂嚷，便可制勝。勝了，我是一群中的人，自然也勝了；若敗了時，一群中有許多人，未必是我受虧：大凡聚眾滋事時，多具這種心理，也就是他們的心理。他們舉動，看似猛烈，其實卻很卑怯。

至於所生結果，則復古，尊王，扶清滅洋等等，已領教得多了。所以多有這「合群的愛國的自大」的國民，真是可哀，真是不幸！

不幸中國偏只多這一種自大：古人所作所說的事，沒一件不好，遵行還怕不及，怎敢說到改革？這種愛國的自大家的意見，雖各派略有不同，根柢總是一致，計算起來，可分作下列五種：

甲云：「中國地大物博，開化最早；道德天下第一。」這是完全自負。

乙云：「外國物質文明雖高，中國精神文明更好。」

丙云：「外國的東西，中國都已有過；某種科學，即某子所說的云云」，這兩種都是「古今中外派」的支流；依據張之洞的格言，以「中學為體西學為用」的人物。

丁云：「外國也有叫化子，——（或云）也有草舍，——娼妓，——臭蟲。」這是消極的反抗。

戊云：「中國便是野蠻的好。」又云：「你說中國思想昏亂，那正是我民族所造成的事業的結晶。從祖先昏亂起，直要昏亂到子孫；從過去昏亂起，直要昏亂到未來。……（我們是四萬萬人，）你能把我們滅絕麼？」這比「丁」更進一層，不去拖人下水，反以自己的醜惡驕人；至於口氣的強硬，卻很有《水滸傳》中牛二的態度。

五種之中，甲乙丙丁的話，雖然已很荒謬，但同戊比較，尚覺情有可原，因為他們還有一點好勝心存在。譬如衰敗人家的子弟，看見別家興旺，多說大話，擺出大家架子；或尋求人家一點破綻，聊給自己解嘲。這雖然極是可笑，但比那一種掉了鼻子，還說是祖傳老病，誇示於眾的人，總要算略高一步了。

戌派的愛國論最晚出，我聽了也最寒心；這不但因其居心可怕，實因他所說的更為實在的緣故。昏亂的祖先，養出昏亂的子孫，正是遺傳的定理。民族根性造成之後，無論好壞，改變都不容易的。法國 G. Le Bon 著《民族進化的心理》中，說及此事道（原文已忘，今但舉其大意）——「我們一舉一動，雖似自主，其實多受死鬼的牽制。將我們一代的人，和先前幾百代的鬼比較起來，數目上就萬不能敵了。」我們幾百代的祖先裏面，昏亂的人，定然不少：有講道學的儒生，也有講陰陽五行的道士，有靜坐煉丹的仙人，也有打臉打把子的戲子。所以我們現在雖想好好做「人」，難保血管裏的昏亂分子不來作怪，我們也不由自主，一變而為研究丹田臉譜的人物：這真是大可寒心的事。但我總希望這昏亂思想遺傳的禍害，不至於有梅毒那樣猛烈，竟至百無一免。即使同梅毒一樣，現在發明了六百零六，肉體上的病，既可醫治：我希望也有一種七百零七的藥，可以醫治思想上的病。這藥原來也已發明，就是「科學」一味。只希望那班精神上掉了鼻子的朋友，不要又打着「祖傳老病」的旗號來反對吃藥，中國的昏亂病，便也總有痊癒的一天。祖先的勢力雖大，但如從現代起，立意改變：掃除了昏亂的心思，和助成昏亂的物事（儒道兩派的文書），再用了對症的藥，即使不能立刻奏效，也可把那病毒略略屢淡。如此幾代之後待我們成了祖先的時候，就可以分得昏亂祖先的若干勢力，那時便有轉機，Le Bon 所說的事，也不足怕了。

　　以上是我對於「不長進的民族」的療救方法；至於「滅絕」一條，那是全不成話，可不必說。「滅絕」這兩個可怕的字，豈是我們人類應說的？只有張獻忠這等人曾有如此主張，至今為人類唾罵；而且於實際上發生出什麼效驗呢？但我有一句話，要勸戌派諸

公。「滅絕」這句話，只能嚇人，卻不能嚇倒自然。他是毫無情面：他看見有自向滅絕這條路走的民族，便請他們滅絕，毫不客氣。我們自己想活，也希望別人都活；不忍說他人的滅絕，又怕他們自己走到滅絕的路上，把我們帶累了也滅絕，所以在此着急。倘使不改現狀，反能興旺，能得真實自由的幸福生活，那就是做野蠻也很好。——但可有人敢答應說「是」麼？

（選自《魯迅全集》1 卷，北京：人民文學出版社，1981 年）

燈下漫筆

魯迅

一

有一時，就是民國二三年時候，北京的幾個國家銀行的鈔票，信用日見其好了，真所謂蒸蒸日上。聽說連一向執迷於現銀的鄉下人，也知道這既便當，又可靠，很樂意收受，行使了。至於稍明事理的人，則不必是「特殊知識階級」，也早不將沉重累墜的銀元裝在懷中，來自討無謂的苦吃。想來，除了多少對於銀子有特別嗜好和愛情的人物之外，所有的怕大都是鈔票了罷，而且多是本國的。但可惜後來忽然受了一個不小的打擊。

就是袁世凱想做皇帝的那一年，蔡松坡先生溜出北京，到雲南去起義。這邊所受的影響之一，是中國和交通銀行的停止兌現。雖然停止兌現，政府勒令商民照舊行用的威力卻還有的，商民也自有商民的老本領，不說不要，卻道找不出零錢。假如拿幾十幾百的鈔票去買東西，我不知道怎樣，但倘使只要買一枝筆，一盒煙捲呢，難道就付給一元鈔票麼？不但不甘心，也沒有這許多票。那麼，換銅元，少換幾個罷，又都說沒有銅元。那麼，到親戚朋友那裏借現錢去罷，怎麼會有？於是降格以求，不講愛國了，要外國銀行的鈔票。但外國銀行的鈔票這時就等於現銀，他如果借給你這鈔票，也就借給你真的銀元了。

我還記得那時我懷中還有三四十元的中交票，可是忽而變了一個窮人，幾乎要絕食，很有些恐慌。俄國革命以後的藏着紙盧布的富翁的心情，恐怕也就這樣的罷；至多，不過更深更大罷了。我只得探聽，鈔票可能折價換到現銀呢？説是沒有行市。幸而終於，暗暗地有了行市了；六折幾。我非常高興，趕緊去賣了一半。後來又漲到七折了，我更非常高興，全去換了現銀，沉墊墊地墜在懷中，似乎這就是我的性命的斤兩。倘在平時，錢舖子如果少給我一個銅元，我是決不答應的。

　　但我當一包現銀塞在懷中，沉墊墊地覺得安心，喜歡的時候，卻突然起了另一思想，就是：我們極容易變成奴隸，而且變了之後，還萬分喜歡。

　　假如有一種暴力，「將人不當人」，不但不當人，還不及牛馬，不算什麼東西；待到人們羨慕牛馬，發生「亂離人，不及太平犬」的歎息的時候，然後給與他略等於牛馬的價格，有如元朝定律，打死別人的奴隸，賠一頭牛，則人們便要心悦誠服，恭頌太平的盛世。為什麼呢？因為他雖不算人，究竟已等於牛馬了。

　　我們不必恭讀《欽定二十四史》，或者入研究室，審察精神文明的高超。只要一翻孩子所讀的《鑑略》，──還嫌煩重，則看《歷代紀元編》，就知道「三千餘年古國古」的中華，歷來所鬧的就不過是這一個小玩藝。但在新近編纂的所謂「歷史教科書」一流東西裏，卻不大看得明白了，只彷彿説：咱們向來就很好的。

　　但實際上，中國人向來就沒有爭到過「人」的價格，至多不過是奴隸，到現在還如此，然而下於奴隸的時候，卻是數見不鮮的。中國的百姓是中立的，戰時連自己也不知道屬於那一面，但又屬於

無論那一面。強盜來了，就屬於官，當然該被殺掠；官兵既到，該是自家人了罷，但仍然要被殺掠，彷彿又屬於強盜似的。這時候，百姓就希望來一個一定的主子，拿他們去做百姓，——不敢，是拿他們去做牛馬，情願自己尋草吃，只求他決定他們怎樣跑。

假使真有誰能夠替他們決定，定下什麼奴隸規則來，自然就「皇恩浩蕩」了。可惜的是往往暫時沒有誰能定。舉其大者，則如五胡十六國的時候，黃巢的時候，五代時候，宋末元末時候，除了老例的服役納糧以外，都還要受意外的災殃。張獻忠的脾氣更古怪了，不服役納糧的要殺，服役納糧的也要殺，敵他的要殺，降他的也要殺：將奴隸規則毀得粉碎。這時候，百姓就希望來一個另外的主子，較為顧及他們的奴隸規則的，無論仍舊，或者新頒，總之是有一種規則，使他們可上奴隸的軌道。

「時日曷喪，予及汝偕亡！」憤言而已，決心實行的不多見。實際上大概是群盜如麻，紛亂至極之後，就有一個較強，或較聰明，或較狡滑，或是外族的人物出來，較有秩序地收拾了天下。釐定規則：怎樣服役，怎樣納糧，怎樣磕頭，怎樣頌聖。而且這規則是不像現在那樣朝三暮四的。於是便「萬姓臚歡」了；用成語來說，就叫作「天下太平」。

任憑你愛排場的學者們怎樣鋪張，修史時候設些什麼「漢族發祥時代」「漢族發達時代」「漢族中興時代」的好題目，好意誠然是可感的，但措辭太繞灣子了。有更其直捷了當的說法在這裏——

一，想做奴隸而不得的時代；

二，暫時做穩了奴隸的時代。

這一種循環，也就是「先儒」之所謂「一治一亂」；那些作亂人物，從後日的「臣民」看來，是給「主子」清道闢路的，所以說：「為聖天子驅除云爾。」

現在入了那一時代，我也不了然。但看國學家的崇奉國粹，文學家的讚歎固有文明，道學家的熱心復古，可見於現狀都已不滿了。然而我們究竟正向着那一條路走呢？百姓是一遇到莫名其妙的戰爭，稍富的遷進租界，婦孺則避入教堂裏去了，因為那些地方都比較的「穩」，暫不至於想做奴隸而不得。總而言之，復古的，避難的，無智愚賢不肖，似乎都已神往於三百年前的太平盛世，就是「暫時做穩了奴隸的時代」了。

但我們也就都像古人一樣，永久滿足於「古已有之」的時代麼？都像復古家一樣，不滿於現在，就神往於三百年前的太平盛世麼？

自然，也不滿於現在的，但是，無須反顧，因為前面還有道路在。而創造這中國歷史上未曾有過的第三樣時代，則是現在的青年的使命！

二

但是讚頌中國固有文明的人們多起來了，加之以外國人。我常常想，凡有來到中國的，倘能疾首蹙額而憎惡中國，我敢誠意地捧獻我的感謝，因為他一定是不願意吃中國人的肉的！

鶴見祐輔氏在《北京的魅力》中，記一個白人將到中國，預定的暫住時候是一年，但五年之後，還在北京，而且不想回去了。有一天，他們兩人一同吃晚飯——

在圓的桃花心木的食桌前坐定，川流不息地獻着山海的珍味，談話就從古董，畫，政治這些開頭。電燈上罩着支那式的燈罩，淡淡的光洋溢於古物羅列的屋子中。什麼無產階級呀，Proletariat 呀那些事，就像不過在什麼地方颳風。

我一面陶醉在支那生活的空氣中，一面深思着對於外人有着「魅力」的這東西。元人也曾征服支那，而被征服於漢人種的生活美了；滿人也征服支那，而被征服於漢人種的生活美了。現在西洋人也一樣，嘴裏雖然説着 Democracy 呀，什麼什麼呀，而卻被魅於支那人費六千年而建築起來的生活的美。一經住過北京，就忘不掉那生活的味道。大風時候的萬丈的沙塵，每三月一回的督軍們的開戰遊戲，都不能抹去這支那生活的魅力。

這些話我現在還無力否認他。我們的古聖先賢既給與我們保古守舊的格言，但同時也排好了用子女玉帛所做的奉獻於征服者的大宴。中國人的耐勞，中國人的多子，都就是辦酒的材料，到現在還為我們的愛國者所自詡的。西洋人初入中國時，被稱為蠻夷，自不免個個蹙額，但是，現在則時機已至，到了我們將曾經獻於北魏，獻於金，獻於元，獻於清的盛宴，來獻給他們的時候了。出則汽車，行則保護：雖遇清道，然而通行自由的；雖或被劫，然而必得賠償的；孫美瑤擄去他們站在軍前，還使官兵不敢開火。何況在華屋中享用盛宴呢？待到享受盛宴的時候，自然也就是讚頌中國固有文明的時候；但是我們的有些樂觀的愛國者，也許反而欣然色喜，以為他們將要開始被中國同化了罷。古人曾以女人作苟安的城堡，美其名以自欺曰「和親」，今人還用子女玉帛為作奴的贄敬，又美

其名曰「同化」。所以倘有外國的誰，到了已有赴宴的資格的現在，而還替我們詛咒中國的現狀者，這才是真有良心的真可佩服的人！

但我們自己是早已佈置妥帖了，有貴賤，有大小，有上下。自己被人凌虐，但也可以凌虐別人；自己被人吃，但也可以吃別人。一級一級的制馭着，不能動彈，也不想動彈了。因為倘一動彈，雖或有利，然而也有弊。我們且看古人的良法美意罷——

> 天有十日，人有十等。下所以事上，上所以共神也。故王臣公，公臣大夫，大夫臣士，士臣皂，皂臣輿，輿臣隸，隸臣僚，僚臣僕，僕臣台。（《左傳》昭公七年）

但是「台」沒有臣，不是太苦了麼？無須擔心的，有比他更卑的妻，更弱的子在。而且其子也很有希望，他日長大，升而為「台」，便又有更卑更弱的妻子，供他驅使了。如此連環，各得其所，有敢非議者，其罪名曰不安分！

雖然那是古事，昭公七年離現在也太遼遠了，但「復古家」盡可不必悲觀的。太平的景象還在：常有兵燹，常有水旱，可有誰聽到大叫喚麼？打的打，革的革，可有處士來橫議麼？對國民如何專橫，向外人如何柔媚，不猶是差等的遺風麼？中國固有的精神文明，其實並未為共和二字所埋沒，只有滿人已經退席，和先前稍不同。

因此我們在目前，還可以親見各式各樣的筵宴，有燒烤，有翅席，有便飯，有西餐。但茅簷下也有淡飯，路傍也有殘羹，野上也有餓莩；有吃燒烤的身價不貲的闊人，也有餓得垂死的每斤八文的孩子（見《現代評論》二十一期）。所謂中國的文明者，其實不過是安排給闊人享用的人肉的筵宴。所謂中國者，其實不過是安排這

人肉的筵宴的廚房。不知道而讚頌者是可恕的，否則，此輩當得永遠的詛咒！

外國人中，不知道而讚頌者，是可恕的；佔了高位，養尊處優，因此受了蠱惑，昧卻靈性而讚歎者，也還可恕的。可是還有兩種，其一是以中國人為劣種，只配悉照原來模樣，因而故意稱讚中國的舊物。其一是願世間人各不相同以增自己旅行的興趣，到中國看辮子，到日本看木屐，到高麗看笠子，倘若服飾一樣，便索然無味了，因而來反對亞洲的歐化。這些都可憎惡。至於羅素在西湖見轎夫含笑，便讚美中國人，則也許別有意思罷。但是，轎夫如果能對坐轎的人不含笑，中國也早不是現在似的中國了。

這文明，不但使外國人陶醉，也早使中國一切人們無不陶醉而且至於含笑。因為古代傳來而至今還在的許多差別，使人們各各分離，遂不能再感到別人的痛苦；並且因為自己各有奴使別人，吃掉別人的希望，便也就忘卻自己同有被奴使被吃掉的將來。於是大小無數的人肉的筵宴，即從有文明以來一直排到現在，人們就在這會場中吃人，被吃，以凶人的愚妄的歡呼，將悲慘的弱者的呼號遮掩，更不消說女人和小兒。

這人肉的筵宴現在還排着，有許多人還想一直排下去。掃蕩這些食人者，掀掉這筵席，毀壞這廚房，則是現在的青年的使命！

一九二五年四月二十九日

（選自《魯迅全集》1卷，北京：人民文學出版社，1981年）

看鏡有感

魯迅

　　因為翻衣箱，翻出幾面古銅鏡子來，大概是民國初年初到北京時候買在那裏的，「情隨事遷」，全然忘卻，宛如見了隔世的東西了。

　　一面圓徑不過二寸，很厚重，背面滿刻蒲陶，還有跳躍的鼯鼠，沿邊是一圈小飛禽。古董店家都稱為「海馬葡萄鏡」。但我的一面並無海馬，其實和名稱不相當。記得曾見過別一面，是有海馬的，但貴極，沒有買。這些都是漢代的鏡子；後來也有模造或翻沙者，花紋可造粗拙得多了。漢武通大宛安息，以致天馬葡萄，大概當時是視為盛事的，所以便取作什器的裝飾。古時，於外來物品，每加海字，如海榴，海紅花，海棠之類。海即現在之所謂洋，海馬譯成今文，當然就是洋馬。鏡鼻是一個蝦蟆，則因為鏡如滿月，月中有蟾蜍之故，和漢事不相干了。

　　遙想漢人多少閎放，新來的動植物，即毫不拘忌，來充裝飾的花紋。唐人也還不算弱，例如漢人的墓前石獸，多是羊，虎，天祿，辟邪，而長安的昭陵上，卻刻着帶箭的駿馬，還有一匹鴕鳥，則辦法簡直前無古人。現今在墳墓上不待言，即平常的繪畫，可有人敢用一朵洋花一隻洋鳥，即私人的印章，可有人肯用一個草書一個俗字麼？許多雅人，連記年月也必是甲子，怕用民國紀元。不知道是沒有如此大膽的藝術家；還是雖有而民眾都加迫害，他於是乎只得萎縮，死掉了？

宋的文藝，現在似的國粹氣味就薰人。然而遼金元陸續進來了，這消息很耐尋味。漢唐雖然也有邊患，但魄力究竟雄大，人民具有不至於為異族奴隸的自信心，或者竟毫未想到，凡取用外來事物的時候，就如將彼俘來一樣，自由驅使，絕不介懷。一到衰弊陵夷之際，神經可就衰弱過敏了，每遇外國東西，便覺得彷彿彼來俘我一樣，推拒，惶恐，退縮，逃避，抖成一團，又必想一篇道理來掩飾，而國粹遂成為屠王和屠奴的寶貝。

無論從那裏來的，只要是食物，壯健者大抵就無需思索，承認是吃的東西。唯有衰病的，卻總常想到害胃，傷身，特有許多禁條，許多避忌；還有一大套比較利害而終於不得要領的理由，例如吃固無妨，而不吃尤穩，食之或當有益，然究以不吃為宜云云之類。但這一類人物總要日見其衰弱的，因為他終日戰戰兢兢，自己先已失了活氣了。

不知道南宋比現今如何，但對外敵，卻明明已經稱臣，唯獨在國內特多繁文縟節以及嘮叨的碎話。正如倒楣人物，偏多忌諱一般，豁達閎大之風消歇淨盡了。直到後來，都沒有什麼大變化。我曾在古物陳列所所陳列的古畫上看見一顆印文，是幾個羅馬字母。但那是所謂「我聖祖仁皇帝」的印，是征服了漢族的主人，所以他敢；漢族的奴才是不敢的。便是現在，便是藝術家，可有敢用洋文的印的麼？

清順治中，時憲書上印有「依西洋新法」五個字，痛哭流涕來劾洋人湯若望的偏是漢人楊光先。直到康熙初，爭勝了，就教他做欽天監正去，則又叩閽以「但知推步之理不知推步之數」辭。不准辭，則又痛哭流涕地來做《不得已》，說道「寧可使中夏無好曆法，

不可使中夏有西洋人」。然而終於連閏月都算錯了，他大約以為好曆法專屬於西洋人，中夏人自己是學不得，也學不好的。但他竟論了大辟，可是沒有殺，放歸，死於途中了。湯若望入中國還在明崇禎初，其法終未見用；後來阮元論之曰：「明季君臣以大統寖疏，開局修正，既知新法之密，而訖未施行。聖朝定鼎，以其法造時憲書，頒行天下。彼十餘年辯論翻譯之勞，若以備我朝之採用者，斯亦奇矣！ ……我國家聖聖相傳，用人行政，唯求其是，而不先設成心。即是一端，可以仰見如天之度量矣！」（《疇人傳》四十五）

現在流傳的古鏡們，出自塚中者居多，原是殉葬品。但我也有一面日用鏡，薄而且大，規撫漢制，也許是唐代的東西。那證據是：一，鏡鼻已多磨損；二，鏡面的沙眼都用別的銅來補好了。當時在妝閣中，曾照唐人的額黃和眉綠，現在卻監禁在我的衣箱裏，它或者大有今昔之感罷。

但銅鏡的供用，大約道光咸豐時候還與玻璃鏡並行；至於窮鄉僻壤，也許至今還用着。我們那裏，則除了婚喪儀式之外，全被玻璃鏡驅逐了。然而也還有餘烈可尋，倘街頭遇見一位老翁，肩了長凳似的東西，上面縛着一塊豬肝色石和一塊青色石，試伫聽他的叫喊，就是「磨鏡，磨剪刀！」

宋鏡我沒有見過好的，什九並無藻飾，只有店號或「正其衣冠」等類的迂銘詞，真是「世風日下」。但是要進步或不退步，總須時時自出新裁，至少也必取材異域，倘若各種顧忌，各種小心，各種嘮叨，這麼做即違了祖宗，那麼做又像了夷狄，終生惴惴如在薄冰上，發抖尚且來不及，怎麼會做出好東西來。所以事實上「今不如古」者，正因為有許多嘮叨着「今不如古」的諸位先生們之

故。現在情形還如此。倘再不放開度量，大膽地，無畏地，將新文化儘量地吸收，則楊光先似的向西洋主人瀝陳中夏的精神文明的時候，大概是不勞久待的罷。

但我向來沒有遇見過一個排斥玻璃鏡子的人。單知道咸豐年間，汪曰楨先生卻在他的大著《湖雅》裏攻擊過的。他加以比較研究之後，終於決定還是銅鏡好。最不可解的是：他說，照起面貌來，玻璃鏡不如銅鏡之準確。莫非那時的玻璃鏡當真壞到如此，還是因為他老先生又帶上了國粹眼鏡之故呢？我沒有見過古玻璃鏡，這一點終於猜不透。

一九二五年二月九日

（選自《魯迅全集》1 卷，北京：人民文學出版社，1981 年）

論照相之類

魯迅

一、材料之類

　　我幼小時候，在 S 城，——所謂幼小時候者，是三十年前，但從進步神速的英才看來，就是一世紀；所謂 S 城者，我不説他的真名字，何以不説之故，也不説。總之，是在 S 城，常常旁聽大大小小男男女女談論洋鬼子挖眼睛。曾有一個女人，原在洋鬼子家裏傭工，後來出來了，據説她所以出來的原因，就因為親見一壇鹽漬的眼睛，小鯽魚似的一層一層積疊着，快要和壇沿齊平了。她為遠避危險起見，所以趕緊走。

　　S 城有一種習慣，就是凡是小康之家，到冬天一定用鹽來醃一缸白菜，以供一年之需，其用意是否和四川的榨菜相同，我不知道。但洋鬼子之醃眼睛，則用意當然別有所在，唯獨方法卻大受了 S 城醃白菜法的影響，相傳中國對外富於同化力，這也就是一個證據罷。然而狀如小鯽魚者何？答曰：此確為 S 城人之眼睛也。S 城廟宇中常有一種菩薩，號曰眼光娘娘。有眼病的，可以去求禱：癒，則用布或綢做眼睛一對，掛神龕上或左右，以答神庥。所以只要看所掛眼睛的多少，就知道這菩薩的靈不靈。而所掛的眼睛，則正是兩頭尖尖，如小鯽魚，要尋一對和洋鬼子生理圖上所畫似的圓球形者，決不可得。黃帝岐伯尚矣；王莽誅翟義黨，分解肢體，令

醫生們察看，曾否繪圖不可知，縱使繪過，現在已佚，徒令「古已有之」而已。宋的《析骨分經》，相傳也據目驗，《説郛》中有之，我曾看過它，多是胡説，大約是假的。否則，目驗尚且如此糊塗，則 S 城人之將眼睛理想化為小鯽魚，實也無足深怪了。

然而洋鬼子是吃醃眼睛來代醃菜的麼？是不然，據説是應用的。一，用於電線，這是根據別一個鄉下人的話，如何用法，他沒有談，但云用於電線罷了；至於電線的用意，他卻説過，就是每年加添鐵絲，將來鬼兵到時，使中國人無處逃走。二，用於照相，則道理分明，不必多贅，因為我們只要和別人對立，他的瞳子裏一定有我的一個小照相的。

而且洋鬼子又挖心肝，那用意，也是應用。我曾旁聽過一位唸佛的老太太説明理由：他們挖了去，熬成油，點了燈，向地下各處去照去。人心總是貪財的，所以照到埋着寶貝的地方，火頭便彎下去了。他們當即掘開來，取了寶貝去，所以洋鬼子都這樣的有錢。

道學先生之所謂「萬物皆備於我」的事，其實是全國，至少是 S 城的「目不識丁」的人們都知道，所以人為「萬物之靈」。所以月經精液可以延年，毛髮爪甲可以補血，大小便可以醫許多病，臂膊上的肉可以養親。然而這並非本論的範圍，現在姑且不説。況且 S 城人極重體面，有許多事不許説；否則，就要用陰謀來懲治的。

二、形式之類

要之，照相似乎是妖術。咸豐年間，或一省裏，還有因為能照相而家產被鄉下人搗毀的事情。但當我幼小的時候，——即三十年

前，S 城卻已有照相館了，大家也不甚疑懼。雖然當鬧「義和拳民」時，——即二十五年前，或一省裏，還以罐頭牛肉當作洋鬼子所殺的中國孩子的肉看。然而這是例外，萬事萬物，總不免有例外的。

要之，S 城早有照相館了，這是我每一經過，總須流連賞玩的地方，但一年中也不過經過四五回。大小長短不同顏色不同的玻璃瓶，又光滑又有刺的仙人掌，在我都是珍奇的物事；還有掛在壁上的框子裏的照片：曾大人，李大人，左中堂，鮑軍門。一個族中的好心的長輩，曾經借此來教育我，說這許多都是當今的大官，平「長毛」的功臣，你應該學學他們。我那時也很願意學，然而想，也須趕快仍復有「長毛」。

但是，S 城人卻似乎不甚愛照相，因為精神要被照去的，所以運氣正好的時候，尤不宜照，而精神則一名「威光」：我當時所知道的只有這一點。直到近年來，才又聽到世上有因為怕失了元氣而永不洗澡的名士，元氣大約就是威光罷，那麼，我所知道的就更多了：中國人的精神一名威光即元氣，是照得去，洗得下的。

然而雖然不多，那時卻又確有光顧照相的人們，我也不明白是什麼人物，或者運氣不好之徒，或者是新黨罷。只是半身像是大抵避忌的，因為像腰斬。自然，清朝是已經廢去腰斬的了，但我們還能在戲文上看見包爺爺的鍘包勉，一刀兩段，何等可怕，則即使是國粹乎，而亦不欲人之加諸我也，誠然也以不照為宜。所以他們所照的多是全身，旁邊一張大茶几，上有帽架，茶碗，水煙袋，花盆，幾下一個痰盂，以表明這人的氣管枝中有許多痰，總須陸續吐出。人呢，或立或坐，或者手執書卷，或者大襟上掛一個很大的時

表，我們倘用放大鏡一照，至今還可以知道他當時拍照的時辰，而且那時還不會用鎂光，所以不必疑心是夜裏。

然而名士風流，又何代蔑有呢？雅人早不滿於這樣千篇一律的呆鳥了，於是也有赤身露體裝作晉人的，也有斜領絲絛裝作 X 人的，但不多。較為通行的是先將自己照下兩張，服飾態度各不同，然後合照為一張，兩個自己即或如賓主，或如主僕，名曰「二我圖」。但設若一個自己傲然地坐着，一個自己卑劣可憐地，向了坐着的那一個自己跪着的時候，名色便又兩樣了：「求己圖」。這類「圖」曬出之後，總須題些詩，或者詞如「調寄滿庭芳」「摸魚兒」之類，然後在書房裏掛起。至於貴人富戶，則因為屬於呆鳥一類，所以決計想不出如此雅致的花樣來，即有特別舉動，至多也不過自己坐在中間，膝下排列着他的一百個兒子，一千個孫子和一萬個曾孫（下略）照一張「全家福」。

Th. Lipps 在他那《倫理學的根本問題》中，說過這樣意思的話。就是凡是人主，也容易變成奴隸，因為他一面既承認可做主人，一面就當然承認可做奴隸，所以威力一墜，就死心塌地，俯首貼耳於新主人之前了。那書可惜我不在手頭，只記得一個大意，好在中國已經有了譯本，雖然是節譯，這些話應該存在的罷。用事實來證明這理論的最顯著的例是孫皓，治吳時候，如此驕縱酷虐的暴主，一降晉，卻是如此卑劣無恥的奴才。中國常語說，臨下驕者事上必諂，也就是看穿了這把戲的話。但表現得最透澈的卻莫如「求己圖」，將來中國如要印《繪圖倫理學的根本問題》，這實在是一張極好的插畫，就是世界上最偉大的諷刺畫家也萬萬想不到，畫不出的。

但現在我們所看見的，已沒有卑劣可憐地跪着的照相了，不是什麼會紀念的一群，即是什麼人放大的半個，都很凜凜地。我願意我之常常將這些當作半張「求己圖」看，乃是我的杞憂。

三、無題之類

　　照相館選定一個或數個闊人的照相，放大了掛在門口，似乎是北京特有，或近來流行的。我在 S 城歷見的曾大人之流，都不過六寸或八寸，而且掛着的永遠是曾大人之流，也不像北京的時時掉換，年年不同。但革命以後，也許撤去了罷，我知道得不真確。

　　至於近十年北京的事，可是略有所知了，無非其人闊，則其像放大，其人「下野」，則其像不見，比電光自然永久得多。倘若白晝明燭，要在北京城內尋求一張不像那些闊人似的縮小放大掛起掛倒的照相，則據鄙陋所知，實在只有一位梅蘭芳君。而該君的麻姑一般的「天花散花」「黛玉葬花」像，也確乎比那些縮小放大掛起掛倒的東西標緻，即此就足以證明中國人實有審美的眼睛，其一面又放大挺胸凸肚的照相者，蓋出於不得已。

　　我在先只讀過《紅樓夢》，沒有看見「黛玉葬花」的照片的時候，是萬料不到黛玉的眼睛如此之凸，嘴唇如此之厚的。我以為她該是一副瘦削的癆病臉，現在才知道她有些福相，也像一個麻姑。然而只要一看那些繼起的模仿者們的擬天女照相，都像小孩子穿了新衣服，拘束得怪可憐的苦相，也就會立刻悟出梅蘭芳君之所以永久之故了，其眼睛和嘴唇，蓋出於不得已，即此也就足以證明中國人實有審美的眼睛。

印度的詩聖泰戈爾先生光臨中國之際，像一大瓶好香水似地很薰上了幾位先生們以文氣和玄氣，然而夠到陪坐祝壽的程度的卻只有一位梅蘭芳君：兩國的藝術家的握手。待到這位老詩人改姓換名，化為「竺震旦」，離開了近於他的理想境的這震旦之後，震旦詩賢頭上的印度帽也不大看見了，報章上也很少記他的消息，而裝飾這近於理想境的震旦者，也仍舊只有那巍然地掛在照相館玻璃窗裏的一張「天女散花圖」或「黛玉葬花圖」。

　　唯有這一位「藝術家」的藝術，在中國是永久的。

　　我所見的外國名伶美人的照相並不多，男扮女的照相沒有見過，別的名人的照相見過幾十張。托爾斯泰，伊孛生，羅丹都老了，尼采一臉凶相，勖本華爾一臉苦相，淮爾特穿上他那審美的衣裝的時候，已經有點呆相了，而羅曼羅蘭似乎帶點怪氣，戈爾基又簡直像一個流氓。雖說都可以看出悲哀和苦鬥的痕跡來罷，但總不如天女的「好」得明明白白。假使吳昌碩翁的刻印章也算雕刻家，加以作畫的潤格如是之貴，則在中國確是一位藝術家了，但他的照相我們看不見。林琴南翁負了那麼大的文名，而天下也似乎不甚有熱心於「識荊」的人，我雖然曾在一個藥房的仿單上見過他的玉照，但那是代表了他的「如夫人」函謝丸藥的功效，所以印上的，並不因為他的文章。更就用了「引車賣漿者流」的文字來做文章的諸君而言，南亭亭長我佛山人往矣，且從略；近來則雖是奮戰忿鬥，做了這許多作品的如創造社諸君子，也不過印過很小的一張三人的合照，而且是銅板而已。

　　我們中國的最偉大最永久的藝術是男人扮女人。

異性大抵相愛。太監只能使別人放心，決沒有人愛他，因為他是無性了，──假使我用了這「無」字還不算什麼語病。然而也就可見雖然最難放心，但是最可貴的是男人扮女人了，因為從兩性看來，都近於異性，男人看見「扮女人」，女人看見「男人扮」，所以這就永遠掛在照相館的玻璃窗裏，掛在國民的心中。外國沒有這樣的完全的藝術家，所以只好任憑那些捏錘鑿，調彩色，弄墨水的人們跋扈。

　　我們中國的最偉大最永久，而且最普遍的藝術也就是男人扮女人。

一九二四年十一月十一日

（選自《魯迅全集》1 卷，北京：人民文學出版社，1981 年）

論「他媽的！」

魯迅

　　無論是誰，只要在中國過活，便總得常聽到「他媽的」或其相類的口頭禪。我想：這話的分佈，大概就跟着中國人足跡之所至罷；使用的遍數，怕也未必比客氣的「您好呀」會更少。假使依或人所說，牡丹是中國的「國花」，那麼，這就可以算是中國的「國罵」了。

　　我生長於浙江之東，就是西瀅先生之所謂「某籍」。那地方通行的「國罵」卻頗簡單：專一以「媽」為限，決不牽涉餘人。後來稍遊各地，才始驚異於國罵之博大而精微：上溯祖宗，旁連姊妹，下遞子孫，普及同性，真是「猶河漢而無極也」。而且，不特用於人，也以施之獸。前年，曾見一輛煤車的隻輪陷入很深的轍跡裏，車夫便憤然跳下，出死力打那拉車的騾子道：「你姊姊的！你姊姊的！」

　　別的國度裏怎樣，我不知道。單知道諾威人 Hamsun 有一本小說叫《飢餓》，粗野的口吻是很多的，但我並不見這一類話。Gorky 所寫的小說中多無賴漢，就我所看過的而言，也沒有這罵法。唯獨 Artzybashev 在《工人綏惠略夫》裏，卻使無抵抗主義者亞拉借夫罵了一句「你媽的」。但其時他已經決計為愛而犧牲了，使我們也失卻笑他自相矛盾的勇氣。這罵的翻譯，在中國原極容易

的，別國卻似乎為難，德文譯本作「我使用過你的媽」，日文譯本作「你的媽是我的母狗」。這實在太費解，——由我的眼光看起來。

那麼，俄國也有這類罵法的了，但因為究竟沒有中國似的精博，所以光榮還得歸到這邊來。好在這究竟又並非什麼大光榮，所以他們大約未必抗議，也不如「赤化」之可怕，中國的闊人，名人，高人，也不至於駭死的。但是，雖在中國，說的也獨有所謂「下等人」，例如「車夫」之類，至於有身份的上等人，例如「士大夫」之類，則決不出之於口，更何況筆之於書。「予生也晚」，趕不上周朝，未為大夫，也沒有做士，本可以放筆直幹的，然而終於改頭換面，從「國罵」上削去一個動詞和一個名詞，又改對稱為第三人稱者，恐怕還因為到底未曾拉車，因而也就不免「有點貴族氣味」之故。那用途，既然只限於一部分，似乎又有些不能算作「國罵」了；但也不然，闊人所賞識的牡丹，下等人又何嘗以為「花之富貴者也」？

這「他媽的」的由來以及始於何代，我也不明白。經史上所見罵人的話，無非是「役夫」，「奴」，「死公」；較厲害的，有「老狗」，「貉子」；更厲害，涉及先代的，也不外乎「而母婢也」，「贅閹遺醜」罷了！還沒見過什麼「媽的」怎樣，雖然也許是士大夫諱而不錄。但《廣弘明集》（七）記北魏邢子才「以為婦人不可保。謂元景曰，『卿何必姓王？』元景變色。子才曰，『我亦何必姓邢；能保五世耶？』」則頗有可以推見消息的地方。

晉朝已經是大重門第，重到過度了；華冑世業，子弟便易於得官；即使是一個酒囊飯袋，也還是不失為清品。北方疆土雖失於拓跋氏，士人卻更其發狂似的講究閥閱，區別等第，守護極嚴。庶民

中縱有俊才，也不能和大姓比並。至於大姓，實不過承祖宗餘蔭，以舊業驕人，空腹高心，當然使人不耐。但士流既然用祖宗做護符，被壓迫的庶民自然也就將他們的祖宗當作仇敵。邢子才的話雖然說不定是否出於憤激，但對於躲在門第下的男女，卻確是一個致命的重傷。勢位聲氣，本來僅靠了「祖宗」這唯一的護符而存，「祖宗」倘一被毀，便什麼都倒敗了。這是倚賴「餘蔭」的必得的果報。

同一的意思，但沒有邢子才的文才，而直出於「下等人」之口的，就是：「他媽的！」

要攻擊高門大族的堅固的舊堡壘，卻去瞄準他的血統，在戰略上，真可謂奇譎的了。最先發明這一句「他媽的」的人物，確要算一個天才，——然而是一個卑劣的天才。

唐以後，自誇族望的風氣漸漸消除；到了金元，已奉夷狄為帝王，自不妨拜屠沽作卿士，「等」的上下本該從此有些難定了，但偏還有人想辛辛苦苦地爬進「上等」去。劉時中的曲子裏說：「堪笑這沒見識街市匹夫，好打那好頑劣。江湖伴侶，旋將表德官名相體呼，聲音多廝稱，字樣不尋俗。聽我一個個細數：糶米的喚子良；賣肉的呼仲甫……開張賣飯的呼君寶；磨面登羅底叫德夫：何足云乎？！」（《樂府新編陽春白雪》三）這就是那時的暴發戶的醜態。

「下等人」還未暴發之先，自然大抵有許多「他媽的」在嘴上，但一遇機會，偶竊一位，略識幾字，便即文雅起來：雅號也有了；身份也高了；家譜也修了，還要尋一個始祖，不是名儒便是名臣。從此化為「上等人」，也如上等前輩一樣，言行都很溫文爾雅，然

而愚民究竟也有聰明的，早已看穿了這鬼把戲，所以又有俗諺，說：「口上仁義禮智，心裏男盜女娼！」他們是很明白的。

於是他們反抗了，曰：「他媽的！」

但人們不能蔑棄掃蕩人我的餘澤和舊蔭，而硬要去做別人的祖宗，無論如何，總是卑劣的事。有時，也或加暴力於所謂「他媽的」的生命上，但大概是乘機，而不是造運會，所以無論如何，也還是卑劣的事。

中國人至今還有無數「等」，還是依賴門第，還是倚仗祖宗。倘不改造，即永遠有無聲的或有聲的「國罵」。就是「他媽的」，圍繞在上下和四旁，而且這還須在太平的時候。

但偶爾也有例外的用法：或表驚異，或表感服。我曾在家鄉看見鄉農父子一同午飯，兒子指一碗菜向他父親說：「這不壞，媽的你嘗嘗看！」那父親回答道：「我不要吃。媽的你吃去罷！」則簡直已經醇化為現在時行的「我的親愛的」的意思了。

一九二五年七月十九日

（選自《魯迅全集》1 卷，北京：人民文學出版社，1981 年）

落葉

徐志摩

　　前天你們查先生來電話要我講演，我說但是我沒有什麼話講，並且我又是最不耐煩講演的。他說：你來罷，隨你講，隨你自由的講，你愛説什麼就説什麼。我們這裏你知道這次開學情形很困難，我們學生的生活很枯燥很悶，我們要你來給我們一點活命的水。這話打動了我。枯燥、悶，這我懂得。雖則我與你們諸君是不相熟的，但這一件事實，你們感覺生活枯悶的事實，卻立即在我與諸君無形的關係間，發生了一種真的深切的同情。我知道煩悶是怎麼樣一個不成形不講情理的怪物，他來的時候，我們的全身彷彿被一個大蜘蛛網蓋住了，好容易挣出了這條手臂，那條又叫黏住了。那是一個可怕的網子。我也認識生活枯燥，他那可厭的面目，我想你們也都很認識他。他是無所不在的，他附在個個人的身上，他現在個個人的臉上。你望望你的朋友去，他們的臉上有他：你自己照鏡子去，你的臉上，我想，也有他。可怕的枯燥，好比是一種毒劑，他一進了我們的血液，我們的性情，我們的皮膚就變了顏色，而且我怕是離着生命遠，離着墳墓近的顏色。

　　我是一個信仰感情的人，也許我自己天生就是一個感情性的人。比如前幾天西風到了，那天早上我醒的時候是凍着才醒過來的，我看着紙窗上的顏色比往常的淡了，我被窩裏的肢體像是浸在

冷水裏似的，我也聽見窗外的風聲，吹着一棵棗樹上的枯葉，一陣一陣的掉下來，在地上捲着，沙沙的發響，有的飛出了外院去，有的留在牆角邊轉着，那聲響真像是歎氣。我因此就想起這西風，冷醒了我的夢，吹散了樹上的葉子，他那成績在一般饑荒貧苦的社會裏一定格外的可慘。那天我出門的時候，果然見街上的情景比往常不同了；窮苦的老頭、小孩全躲在街角上發抖；他們遲早免不了樹上枯葉子的命運。那一天我就覺得特別的悶，差不多發愁了。

　　因此我聽着查先生說你們生活怎樣的煩悶，怎樣的乾枯，我就很懂得，我就願意來對你們說一番話。我的思想——如其我有思想——永遠不是成系統的。我沒有那樣的天才。我的心靈的活動是衝動性的，簡直可以說痙攣性的。思想不來的時候，我不能要他來，他來的時候，就比如穿上一件濕衣，難受極了，只能想法子把他脫下。我有一個比喻，我方才說起秋風裏的枯葉；我可以把我的思想比作樹上的葉子，時期沒有到，他們是不很會掉下來的；但是到時期了，再要有風的力量，他們就只能一片一片的往下落；大多數也許是已經沒有生命了的，枯了的，焦了的，但其中也許有幾張還留着一點秋天的顏色，比如楓葉就是紅的，海棠葉就是五彩的。這葉子實用是絕對沒有的；但有人，比如我自己，就有愛落葉的癖好。他們初下來時顏色有很鮮豔的，但時候久了，顏色也變，除非你保存得好。所以我的話，那就是我的思想，也是與落葉一樣的無用，至多有時有幾痕生命的顏色就是了。你們不愛的盡可以隨意的踩過，絕對不必理會；但也許有少數人有緣分的，不責備他們的無用，竟許會把他們撿起來揣在懷裏，間在書裏，想延留他們幽澹的顏色。感情，真的感情，是難得的，是名貴的，是應當共有的；我們不應得拒絕感情，或是壓迫感情，那是犯罪的行為，與壓住泉眼

不讓上沖，或是掐住小孩不讓喘氣一樣的犯罪。人在社會裏本來是不相連續的個體。感情，先天的與後天的，是一種線索，一種經緯，把原來分散的個體織成有文章的整體。但有時線索也有破爛與渙散的時候，所以一個社會裏必須有新的線索繼續的產出，有破爛的地方去補，有渙散的地方去拉緊，才可以維持這組織大體的勻整，有時生產力特別加增時，我們就有機會或是推廣，或是加添我們現有的面積，或是加密，像網球板穿雙線似的，我們現成的組織，因為我們知道創造的勢力與破壞的勢力，建設與潰敗的勢力，上帝與撒但的勢力，是同時存在的。這兩種勢力是在一架天平上比着；他們很少平衡的時候，不是這頭沉，就是那頭沉。是的，人類的命運是在一架大天平上比着，一個巨大的黑影，那是我們集合的化身，在那裏看着，他的手裏滿拿着分兩的法碼，一會往這頭送，一會又往那頭送，地球盡轉着，太陽、月亮、星，輪流的照着，我們的運命永遠是在天平上稱着。

我方才說網球拍，不錯，球拍是一個好比喻。你們打球的知道網拍上那裏幾根線是最吃重最要緊，那幾根線要是特別有勁的時候，不僅你對敵時拉球，抽球拍球格外來的有力，出色，並且你的拍子也就格外的經用。少數特強的分子保持了全體的勻整這一條原則應用到人道上，就是說，假如我們有力量加密，加強我們最普通的同情線，那線如其穿連得到所有跳動的人心時，那時我們的大網子就堅實耐用，天津人說的，就有根。不問天時怎樣的壞，管他雨也罷，雲也罷，霜也罷，風也罷，管他水流怎樣的急，我們假如有這樣一個強有力的大網子，那怕不能在時間無盡的洪流裏——早晚網起無價的珍品，那怕不能在我們運命的天平上重重的加下創造的生命的分量？

所以我説真的感情，真的人情，是難能可貴的，那是社會組織的基本成分。初起也許只是一個人心靈裏偶然的震動，但這震動，不論怎樣的微弱，就產生了及遠的波紋；這波紋要是喚得起同情的反應時，原來細的便並成了粗的，原來弱的便合成了強的，原來脆性的便結成了韌性的，像一縷縷的苧麻打成了粗繩似的；原來只是微波，現在掀成了大浪，原來只是山罅裏的一股細水，現在流成了滾滾的大河，向着無邊的海洋裏流着。比如耶穌在山頭上的訓道（Sermon on the mount）還不是有限的幾句話，但這一篇短短的演説，卻制定了人類想望的止境，建設了絕對的價值的標準，創造了一個純粹的完全的宗教。那是一件大事實，人類歷史上一件最偉大的事實。再比如釋迦牟尼感悟了生老、病死的究竟，發大慈悲心，發大勇猛心，發大無畏心，拋棄了他人間的地位，富與貴，家庭與妻子，直到深山裏去修道，結果他也替苦悶的人間打開了一條解放的大道，為東方民族的天才下一個最光華的定義。那又是人類歷史上的一件奇跡。但這樣大事的起源還不止是一個人的心靈裏偶然的震動，可不僅僅是一滴最透明的真摯的感情滴落在黑沉沉的宇宙間？

　　感情是力量，不是知識。人的心是力量的府庫，不是他的邏輯。有真感情的表現，不論是詩是文是音樂是雕刻或是畫，好比是一塊石子擲在平面的湖心裏，你站着就看得見他引起的變化。沒有生命的理論，不論他論的是什麼理，只是拿石塊扔在沙漠裏，無非在乾枯的地面上添一顆乾枯的分子，也許擲下去時便聽得出一些乾枯的聲響，但此外只是一大片死一般的沉寂了。所以感情才是成江成河的水泉，感情才是織成大網的線索。

但是我們自己的網子又是怎麼樣呢？現在時候到了，我們應當張大了我們的眼睛，認明白我們周圍事實的真相。我們已經含糊了好久，現在再不容含糊的了。讓我們來大聲的宣佈我們的網子是壞了的，破了的，爛了的；讓我們痛快的宣告我們民族的破產，道德、政治、社會、宗教、文藝，一切都是破產了的。我們的心窩變成了蠹蟲的家，我們的靈魂裏住着一個可怕的大謊！那天平上沉着的一頭是破壞的重量，不是創造的重量；是潰敗的勢力，不是建設的勢力；是撒但的魔力，不是上帝的神靈。霎時間這邊路上長滿了荊棘，那邊道上湧起了洪水，我們頭頂有駭人的聲響，是雷霆還是炮火呢？我們周圍有一哭聲與笑聲，哭是我們的靈魂受污辱的悲聲，笑是活着的人們瘋魔了的獰笑，那比鬼哭更聽的可怕，更凄慘。我們張開眼來看時，差不多更沒有一塊乾淨的土地，那一處不是叫鮮血與眼淚沖毀了的；更沒有平安的所在，因為你即使忘卻了外面的世界，你還是躲不了你自身的煩悶與苦痛。不要以為這樣混沌的現象是原因於經濟的不平等，或是政治的不安定，或是少數人的放肆的野心。這種種都是空虛的，欺人自欺的理論，說着容易，聽着中聽，因為我們只盼望脫卸我們自身的責任，只要不是我的分，我就有權利罵人。但這是我着重的說，懦怯的行為；這正是我說的我們各個人靈魂裏躲着的大謊！你說少數的政客，少數的軍人，或是少數的富翁，是現在變亂的原因嗎？我現在對你說：先生，你錯了，你很大的錯了，你太恭維了那少數人，你太瞧不起你自己。讓我們一致的來承認，在太陽普遍的光亮底下承認，我們各個人的罪惡，各個人的不潔淨，各個人的苟且與懦怯與卑鄙！我們是與最骯髒的一樣的骯髒，與最醜陋的一般的醜陋，我們自身就是我們運命的原因。除非我們能起拔了我們靈魂裏的大謊，我們就沒

有救度；我們要把祈禱的火焰把那鬼燒淨了去，我們要把懺悔的眼淚把那鬼沖洗了去，我們要有勇敢來承當罪惡；有了勇敢來承當罪惡，方有膽量來決鬥罪惡。再沒有第二條路走。如其你們可以容恕我的厚顏，我想念我自己近作的一首詩給你們聽，因為那首詩，正是我今天講的話的更集中的表現：——

（一）毒藥

（二）白旗　　　均見詩集內。

（三）嬰兒

　　這也許是無聊的希冀，但是誰不願意活命，就使到了絕望最後的邊沿，我們也還要妄想希望的手臂從黑暗裏伸出來挽着我們。我們不能不想望這苦痛的現在，只是準備着一個更光榮的將來，我們要盼望一個潔白的肥胖的活潑的嬰兒出世！

　　新近有兩件事實，使我得到很深的感觸。讓我來說給你們聽聽。

　　前幾時有一天俄國公使館掛旗，我也去看了。加拉罕站在台上，微微的笑着，他的臉上發出一種嚴肅的青光，他側仰着他的頭看旗上升時，我覺着了他的人格的尊嚴，他至少是一個有膽有略的男子，他有為主義犧牲的決心，他的臉上至少沒有苟且的痕跡，同時屋頂那根旗杆上，冉冉的升上了一片的紅光，背着窈遠沒有一斑雲彩的青天。那面簇新的紅旗在風前料峭的嫋蕩個不定。這異樣的彩色與聲響引起了我異樣的感想。是覷睨，是驕傲，還是鄙夷，如今這紅旗初次面對着我們偌大的民族？在場人也有拍掌的，但只是繼續的拍掌，這就算是我想我們初次見紅旗的敬意；但這又是鄙夷，驕傲，還是慚愧呢？那紅色是一個偉大的象徵，代表人類史裏

最偉大的一個時期；不僅標示俄國民族流血的成績，卻也為人類立下了一個勇敢嘗試的榜樣。在那旗子抖動的聲響裏我不僅彷彿聽出了這近十年來那斯拉夫民族失敗與勝利的呼聲，我也想像到百數十年前法國革命時的狂熱，一七八九年七月四日那天巴黎市民攻破巴士梯亞牢獄時的瘋癲。自由，平等，友愛！友愛，平等，自由！你們聽呀，在這呼聲裏人類理想的火焰一直從地面上直衝破天頂，歷史上再沒有更重要更強烈的轉變的時期。卡萊爾（Carlyle）在他的法國革命史裏形容這件大事有三句名句，他說："To describe this scene transcends the talent of mortals. After four hours of world-bedlam it surrenders. The Bastille is down!"他說：「要形容這一景超過了凡人的力量。過了四小時的瘋狂他（那大牢）投降了。巴士梯亞是下了！」打破一個政治犯的牢獄不算是了不得的大事，但這事實裏有一個象徵。巴士梯亞是代表阻礙自由的勢力，巴黎士民的攻擊是代表全人類爭自由的勢力，巴士梯亞的「下」是人類理想勝利的憑證。自由，平等，友愛！友愛，平等，自由！法國人在百幾十年前猖狂的叫着。這叫聲還在人類的性靈裏蕩着。我們不好像聽見嗎，雖則隔着百幾十年光陰的曠野。如今兇惡的巴士梯亞又在我們的面前堵着；我們如其再不發瘋，他那牢門上的鐵釘，一個個都快刺透我們的心胸了！

　　這是一件事。還有一件是我六月間伴着泰戈爾到日本時的感想。早七年我過太平洋時曾經到東京去玩過幾個鐘頭，我記得到上野公園去，上一座小山去下望東京的市場，只見連綿的高樓大廈，一派富盛繁華的景象。這回我又到上野去了，我又登山去望東京城了，那分別可太大了！房子，不錯，原是有的；但從前是幾層樓的高房，還有不少有名的建築，比如帝國劇場、帝國大學等等，這次

看見的，說也可憐，只是薄皮松板暫時支着應用的魚鱗似的屋子，白鬆鬆的像一個爛髮的花頭，再沒有從前那樣富盛與繁華的氣象。十九的城子都是叫那大地震吞了去燒了去的。我們站着的地面平常看是再堅實不過的，但是等到他起興時小小的翻一個身，或是微微的張一張口，我們脆弱的文明與脆弱的生命就夠受。我們在中國的差不多是不能想着世界上，在醒着的不是夢裏的世界上，竟可以有那樣的大災難。我們中國人是在災難裏討生活的，水、旱、刀兵、盜劫，那一樣沒有，但是我敢說我們所有的災難合起來，也抵不上我們鄰居一年前遭受的大難。那事情的可怕，我敢說是超過了人類忍受力的止境。我們國內居然有人以日本人這次大災為可喜的，說他們活該，我真要請協和醫院大夫用X光檢查一下他們那幾位，究竟他們是有沒有心肝的。因為在可怕的運命的面前，我們人類的全體只是一群在山裏逢着雷霆風雨時的綿羊，那裏還能容什麼種族、政治等等的偏見與意氣？我來說一點情形給你們聽聽，因為雖則你們在報上看過極詳細的記載，不曾親自察看過的總不免有多少距離的隔膜。我自己未到日本前與看過日本後，見解就完全的不同。你們試想假定我們今天在這裏集會，我講的，你們聽的，假如日本那把戲輪着我們頭上來時，要不了的搭的搭的搭的三秒鐘我與你們與講台與屋子就永遠訣別了地面，像變戲法似的，影蹤都沒了。那是事實，橫濱有好幾所五六層高的大樓，全是在三四秒時間內整個兒與地面拉一個平，全沒了。你們知道聖書裏面形容天降大難的時候，不要說本來脆弱的人類完全放棄了一切的虛榮，就是最猛摯的野獸與飛禽也會在剎時間變化了性質，老虎會來小貓似的挨着你躲着，利喙的鷹鷂會得躲入雞棚裏去窩着，比雞還要馴服。在那樣非常的變動時，他們也好似覺悟了這彼此同是生物的親屬關

係，在天怒的跟着同是剝奪了抵抗力的小蟲子，這裏面就發生了同命運的同情。你們試想就東京一地說，二三百萬的人口，幾十百年辛勤的成績，突然的面對着最後審判的實在，就在今天我們回想起當時他們全城子像一個滾沸的油鍋時的情景，原來熱鬧的市場變成了光焰萬丈的火盆，在這裏面人類最集中的心力與體力的成績全變了燃料，在這裏面藝術、教育、政治、社會人的骨與肉與血都化成了灰燼，還有百十萬男女老小的哭嚷聲，這哭聲本體就可以搖動天地，——我們不要說親身經歷，就是坐在椅子上想像這樣不可信的情景時，也不免覺得害怕不是？那可不是頑兒的事情。單只描寫那樣的大變，恐怕只少就須要荷馬或是莎士比亞的天才。你們試想在那時候，假如你們親身經歷時，你的心理該是怎麼樣？你還恨你的仇人嗎？你還不饒恕你的朋友嗎？你還沾戀你個人的私利嗎？你還有欺哄人的機會嗎？你還有什麼希望嗎？你還不摟住你身旁的生物，管他是你的妻子，你的老子，你的聽差，你的媽，你的冤家，你的老媽子，你的貓，你的狗，把你靈魂裏還剩下的光明一齊放射出來，和着你同難的同胞在這普遍的黑暗裏來一個最後的結合嗎？

但運命的手段還不是那樣的簡單。他要是把你的一切都掃滅了，那倒也是一個痛快的結束；他可不然。他還讓你活着，他還有更苛刻的試驗給你。大難過了，你還喘着氣；你的家，你的財產，都變了你腳下的灰，你的愛親與妻與兒女的骨肉還有燒不爛的在火堆裏燃着，你沒有了一切；但是太陽又在你的頭上光亮的照着，你還是好好的在平定的地面上站着，你疑心這一定是夢，可又不是夢，因為不久你就發現與你同難的人們，他們也一樣的疑心他們身受的是夢。可真不是夢；是真的。你還活着，你還喘着氣，你得重新來過，根本的完全的重新來過。除非是你自願放手，你的靈魂裏

再沒有勇敢的分子。那才是你的真試驗的時候。這考卷可不容易交了，要到那時候你才知道你自己究竟有多大能耐，值多少，有多少價值。

我們鄰居日本人在災後的實際就是這樣。全完了，要來就得完全來過，盡你自身的力量不夠，加上你兒子的，你孫子的，你孫子的兒子的兒子的孫子的努力，也許可以重新撐起這份家私，但在這努力的經程中，誰也保不定天與地不再搗亂；你的幾十年只要他的幾秒鐘。問題所以是你幹不幹？就只乾脆的一句話，你幹不幹，是或否？同時也許無情的運命，扭着他那醜陋可怕的臉子在你的身旁冷笑，等着你最後的回話。你幹不幹，他彷彿也涎着他的怪臉問着你！

我們勇敢的鄰居們已經交了他們的考卷；他們回答了一個乾脆的幹字，我們不能不佩服。我們不能不尊敬他們精神的人格。不等那大震災的火焰緩和下去，我們鄰居們第二次的奮鬥已經莊嚴的開始了。不等運命的殘酷的手臂鬆放，他們已經宣言他們積極的態度對運命宣戰。這是精神的勝利，這是偉大，這是證明他們有不可搖的信心，不可動的自信力；證明他們是有道德的與精神的準備的，有最堅強的毅力與忍耐力的，有內心潛在着的精力的，有充分的後備軍的，好比說，雖則前敵一起在炮火裏毀了，這只是給他們一個出馬的機會。他們不但不悲觀，不但不消極，不但不絕望，不但不低着嗓子乞憐，不但不倒在地下等救，在他們看來這大災難，只是一個偉大的激刺，偉大的鼓勵，偉大的靈感，一個應有的試驗，因此他們新來的態度只是雙倍的積極，雙倍的勇猛，雙倍的興奮，雙倍的有希望；他們彷彿是經過大戰的大將，戰陣愈急迫愈危險，戰

鼓愈打得響亮，他的膽量愈大，往前衝的步子愈緊，必勝的決心愈強。這，我説，真是精神的勝利，一種道德的強制力，偉大的，難能的，可尊敬的，可佩服的。泰戈爾説的，國家的災難，個人的災難，都是一種試驗；除是災難的結果壓倒了你的意志與勇敢，那才是真的災難，因為你更沒有翻身的希望。

這也並不是説他們不感覺災難的實際的難受，他們也是人，他們雖勇，心究竟不是鐵打的。但他們表現他們痛苦的狀態是可注意的；他們不來零碎的呼叫，他們採用一種雄偉的莊嚴的儀式。此次震災的周年紀念時；他們選定一個時間，舉行他們全國的悲哀；在不知是幾秒或幾分鐘的期間內，他們全國的國民一致的靜默了，全國民的心靈在那短時間內融合在一陣懺悔的，祈禱的，普遍的蕭靜裏；（那是何等的淒偉！）然後，一個信號打破了全國的靜默，那千百萬人民又一致的高聲悲號，悲悼他們曾經遭受的慘運；在這一聲彌漫的哀號裏，他們國民，不僅發泄了蓄積着的悲哀，這一聲長號，也表明他們一致重新來過的偉大的決心。（這又是何等的淒偉！）

這是教訓，我們最切題的教訓。我個人從這兩件事情——俄國革命與日本地震——感到極深刻的感想；一件是告訴我們什麼是有意義有價值的犧牲，那表面紊亂的背後堅定的站着某種主義或是某種理想，激動人類潛伏着一種普遍的想望，為要達到那想望的境界，他們就不顧冒怎樣劇烈的險與難，拉倒已成的建設，踏平現有的基礎，拋卻生活的習慣，嘗試最不可測量的路子。這是一種瘋癲，但是有目的的瘋癲；單獨的看，局部的看，我們盡可以下種種非難與責備的批評，但全部的看，歷史的看時，那原來紛亂的

就有了條理，原來散漫的就成了片段，甚至於在經程中一切反理性的分明殘暴的事實都有了他們相當的應有的位置，在這部大悲劇完成時，在這無形的理想「物化」成事實時，在人類歷史清理節賬時，所得便超過所出，贏餘至少是蓋得過損失的。我們現在自己的悲慘就在問題不集中，不清楚，不一貫；我們缺少，用一個現成的比喻——那一面半空裏升起來的彩色旗，（我不是主張紅旗我不過比喻罷了！）使我們有眼睛能看的人都不由的不仰着頭望；缺少那青天裏的一個霹靂，使我們有耳朵能聽的不由的驚心。正因為缺乏這樣一個一貫的理想與標準（能夠表現我們潛在意識所想望的），我們有的那一部瘋癲性——歷史上所有的大運動都脫不了瘋癲性的成分——就沒有機會充分的外現，我們物質生活的累贅與沾戀，便有力量壓迫住我們精神性的奮鬥；不是我們天生不肯犧牲，也不是天生懦怯，我們在這時期內的確不曾尋着值得或是強迫我們犧牲的那件理想的大事，結果是精力的散漫，志氣的怠惰，苟且心理的普遍，悲觀主義的盛行，一切道德標準與一切價值的毀滅與埋葬。

　　人原來是行為的動物，尤其是富有集合行為力的，他有向上的能力，但他也是最容易墮落的，在他眼前沒有正當的方向時，比如猛獸監禁在鐵籠子裏。在他的行為力沒有發展的機會時，他就會隨地躺了下來，管他是水潭是泥潭，過他不黑不白的豬奴的生活。這是最可慘的現象，最可悲的趨向。如其我們容忍這種狀態繼續存在時，那時每一對父母每次生下一個潔淨的小孩，只是為這卑劣的社會多添一個墮落的分子，那是莫大的褻瀆的罪業；所有的教育與訓練也就根本的失去了意義，我們還不如盼望一個大雷霆下來毀盡了這三江或四江流域的人類的痕跡！

再看日本人天災後的勇猛與毅力，我們就不由的不慚愧我們的窮，我們的乏，我們的寒傖。這精神的窮乏才是真可恥的，不是物質的窮乏。我們所受的苦難都還不是我們應有的試驗的本身，那還差得遠着哪；但是我們的醜態已經恰好與人家的從容成一個對照。我們的精神生活沒有充分的涵養，所以臨着稀小的紛擾便沒有了主意，像一個耗子似的，他的天才只是害怕，他的伎倆只是小偷；又因為我們的生活沒有深刻的精神的要求，所以我們合群生活的大網子就缺少最吃分量最經用的那幾條普遍的同情線，再加之原來的經緯已經到了完全破爛的狀態，這網子根本就沒有了聯結，不受外物侵損時已有潰散的可能，那裏還能在時代的急流裏，撈起什麼有價值的東西？說也奇怪，這幾千年歷史的傳統精神非但不曾供給我們社會一個鞏固的基礎，我們現在到了再不容隱諱的時候，誰知道發現我們的樁子，只是在黃河裏造橋，打在流沙裏的！

　　難怪悲觀主義變成了流行的時髦！但我們年輕人，我們的身體裏還有生命跳動，脈管裏多少還有鮮血的年輕人，卻不應當沾染這最致命的時髦，不應當學那隨地躺得下去的豬，不應當學那苟且專家的耗子，現在時候逼迫了，再不容我們霎那的含糊。我們要負我們應負的責任，我們要來補繢我們已經破爛的大網子，我們要在我們各個人的生活裏抽出人道的同情的纖維來合成強有力的繩索，我們應當發現那適當的象徵，像半空裏那面大旗似的，引起普遍的注意；我們要修養我們精神的與道德的人格，預備忍受將來最難堪的試驗。簡單的一句話，我們應當在今天——過了今天就再沒有那一天了——宣佈我們對於生活基本的態度。是是還是否；是積極還是消極；是生道還是死道；是向上還是墮落？在我們年輕人一個字的

答案上就掛着我們全社會的運命的決定。我盼望我至少可以代表大多數青年，在這篇講演的末尾，高叫一聲——用兩個有力量的外國字——

"Everlasting yea!"

（選自《徐志摩全集》散文集〈甲、乙〉，香港：商務印書館，1983 年）

「就使打破了頭也還要保持我們靈魂的自由」

徐志摩

　　照群眾行為看起來，中國人是最殘忍的民族。照個人行為看起來，中國人大多數是最無恥的個人。慈悲的真義是感覺人類應感覺的感覺，和有膽量來表現內動的同情。中國人只會在殺人場上聽小熱昏，決不會在法庭上賀喜判決無罪的刑犯；只想把潔白的人齊拉入混濁的水裏，不會原諒拿人格的頭顱去撞開地獄門的犧牲精神。只是「幸災樂禍」，「投井下石」，不會冒一點子險去分肩他人為正義而奮鬥的負擔。

　　從前在歷史上，我們似乎聽見過有什麼義呀俠呀，什麼當仁不讓，見義勇為的榜樣呀，氣節呀，廉潔呀，等等。如今呢，只聽見神聖的職業者接受甜蜜的「冰炭敬」，磕拜壽祝福的響頭，到處只見拍賣人格「賤賣靈魂」的招貼。這是革命最彰明的成績，這是華族民國最動人的廣告！

　　「無理想的民族必亡」，是一句不刊的真言。我們目前的社會政治走的只是卑污苟且的路，最不能容許的是理想，因為理想好比一面大鏡子，若然擺在面前，一定照出魑魅罔兩的醜跡。莎士比亞的醜鬼卡立朋（Caliban）有時在海水裏照出自己的尊容，總是老羞成怒的。

所以每次有理想主義的行為或人格出現，這卑污苟且的社會一定不能容忍；不是拳打腳踢，也總是冷嘲熱諷，總要把那三閭大夫硬推入汨羅江底，他們方才放心。

　　我們從前是儒教國，所以從前理想人格的標準是智仁勇。現在不知道變成了什麼國了，但目前最普通人格的通性，明明是愚暗殘忍懦怯，正得一個反面。但是真理正義是永生不滅的聖火；也許有時遭被蒙蓋掩翳罷了。大多數的人一天二十四點鐘的時間內，何嘗沒有一剎那清明之氣的回復？但是誰有膽量來想他自己的想，感覺他內動的感覺，表現他正義的衝動呢？

　　蔡元培所以是個南邊人說的「憨大」，愚不可及的一個書呆子，卑污苟且社會裏的一個最不合時宜的理想者。所以他的話是沒有人能懂的；他的行為是極少數人——如真有——敢表同情的；他的主張，他的理想，尤其是一盆飛旺的炭火，大家怕炙手，如何敢去抓呢？

　　「小人知進而不知退，」

　　「不忍為同流合污之苟安，」

　　「不合作主義，」

　　「為保持人格起見……」

　　「生平僅知是公道，從不以人為單位。」

　　這些話有多少人能懂，有多少人敢懂？

　　這樣的一個理想者，非失敗不可；因為理想者總是失敗的。若然理想勝利，那就是卑污苟且的社會政治失敗——那是一個過於奢侈的希望了。

有知識有膽量能感覺的男女同志，應該認明此番風潮是個道德問題；隨便彭允彝京津各報如何淆惑，如何謠傳，如何去牽涉政黨，總不能掩沒這風潮裏面一點子理想的火星。要保全這點子小小的火星不滅，是我們的責任，是我們良心上的負擔；我們應該積極同情這番拿人格頭顱去撞開地獄門的精神！

原刊十二年一月二十八日《努力週報》

（選自《徐志摩全集》散文集〈甲、乙〉，香港：商務印書館，1983 年）

薩天師語錄

林語堂

一

　　有一天 Zarathustra 來到東方，看見許多的詩人文士，不少的政客名流。但是有一種欲老未老的留學生，他是永遠不見，雖然他們屢次有很古雅秀麗的名片遞給他。他住在這馬哥保羅屢次稱引的京城，的確勉強勾留了十餘天。在這十餘天他看了各色各樣的動物常常使他歎氣；他常對他的信徒說：中國的文明確是世界第一——以年數而論。因為這種的民族，非四千年的文明，四千年的讀經，識字，住矮小的房屋，聽微小的聲音，不容易得此結果。

　　你不看見他們多麼穩重，多麼識時務，多麼馴養。由野狼變到家狗，四千年已太快了。

　　你不看見他們多麼中庸，多麼馴服，多麼小心，他們的心真小了。

　　因為我曾經看見文明（離開自然）的人，但是不曾看見這樣文明的人。

　　他們不但已由自然進入文明，他們並且已經由文明進入他們自造的鴿子籠，這一方一方固封的鴿子籠，他們叫做「家庭」。

　　在這鴿子籠裏，他們已變為他們祖父的附屬物；他們的女人也已變為他們的附屬物。

他們的男人都有婦德；至於他們的婦人有什麼德，已非我所得而知。

他們的青年都是老成。你看他們的鬍鬚不是已經長得很穩健嗎？

我聽說在西歐小孩玩弄玻璃球的年紀，中國的小孩已經會做救國策。他們在搖籃裏已經會誦詩書，講仁義，崇孔，衛道。

在外國青年急進革命的年紀，他們的青年已經會「衛道」了。但是衛道的結果，卻仍舊不外：做局長，坐包車，生小孩，做媒婆。

但是「少年老成」的少年，到了老年時候變為什麼動物，我也不易知道。

他們的老人，自有可愛的風韻。薩拉圖斯脫拉曾經告訴他們的門徒：薩拉圖斯脫拉愛吃兩樣東西，春雞與名流。但是春雞須要嫩，名流須要老。那些青年的名流，薩拉圖斯脫拉不敢嘗試，以免作嘔。

我能夠跟這民族做什麼事呢？你曾經看見中國的青年打架——真正的打架嗎？哭啼號呼卻是他們的特長。

中國文化的特長的確不少，但是叩頭與哭，絕對非他民族所可企及。

薩拉圖斯脫拉說：中國人的巴掌很深，但是眼眶很淺。他們的指頭很黏，但是頭顱很滑。我能夠跟這民族做什麼大事呢？

你看他們的男人都穿裙子。他們的兩腿已經變成裝飾品。連他們的小孩，也已穿了馬褂。

他們只能看下，不能看上，只能顧後，不能觀前。再四千年的文化，四千年的揖讓，焚香請安，叩頭，四千年的識時務，知進退，他們腦後非再長一對眼睛不可。

　　但是我還常看見他們擁着他們銅臭的巴掌，拍着他們褊狹的胸膛，皺着他們帶藍鏡的眼睛，提着他們鬼蜮細小的聲音說：保存國粹！

　　他們似有一位同胞曾經說過：也得看國粹能不能保存他們！

　　薩拉圖斯脫拉到此不禁露了他尖利的笑聲說：哈，哈！我知道他們的意思了──那些上了蒼苔的靈魂！

　　薩拉圖斯脫拉曾經問過這自大的民族：你們四萬萬的神明華胄，二百八十年前何以被三十萬的胡虜征服？這個問題你要問問他們的歷史家──那些文明撒謊者。

　　那些歷史家撒了一個頂大的謊，來表示他們民族的寬大，就是：世界上唯有他們的民族能演成無血的革命──好像他們也會演成戰爭的革命！

　　他們說我們相信和平的革命──好像他們能演成無血的革命。雖然有一班人也有「欺人之弱，乘人之危」的行動，但是這已是民國史上「未有」的奇辱了；不但未有，將來也再不會發生。

　　我最愛聽他們歷史家的一句話，就是：中國人酷愛和平。他們有時候實在太老實了，那些黃臉的歷史家！

　　我能夠同這樣的民族做什麼大事呢？連他們的青年都穩健了。這個民族的確是世界第一──以老大而論──

薩拉圖斯脱拉如是説。

With apology to Nietzsche

十四年十一月二十日

（《語絲》第 55 期）

二

所以東方文明是無曲線的，——東方思想也是無曲線的。

因此薩拉圖斯脱拉想起他十日前途中所見汲水的村女。

薩天師説：

我愛那婢女的笑聲——她不像有癆病菌的。

她的聲音清亮——不像剛吃鴿蛋及燕窩粥的。

她的眼睛是粗大，頭髮是散亂的——我愛她的散亂。

她的兩腳似小鹿一般的飛跑；她的足趾還是獨立而強健的。

她可與涼風為友，而不至於傷寒；她被那和暖的陽光親嘴，而不至於中暑。

她在狂雨中飛奔，而不當天病死於肺膜炎。

而且她還可以説自然人的話；不竟天嘻嘻嘿嘿的叫。

我愛那婢女的容顏：

她有靈動黛黑的眼眸；赭赤的臉蛋。

她有挺直的高凸的胸膛，無愧的與野外山水花木的曲線相輝映。

她有哈哈震耳的笑聲，與遠地潺潺的河水與林間的鳥語相和應。

而且她家中的「老闆」，也不是那些見風便傷寒，見日便中暑，戴瓜皮小帽，抽咖力克煙的動物。——這也是使她不必終日"hi, hi! he, he!"的緣故。

我恭賀那婢女……

薩拉圖斯脫拉如是說。

紅衫綠裙東方文明之神都早已直板板的過去。薩拉圖斯脫拉彷彿聽見那"hi, hi! he, he!"的笑聲同轔轔轆轆的車聲一同消滅於遠處的寂寞。他自己卻孤立於街中。環顧只有那縲絏繫身的囚犯及荷槍木立的巡警。

（《語絲》四卷第十二期）

（選自《大荒集》，上海：生活書店，1934 年）

論性急為中國人所惡
（紀念孫中山先生）

林語堂

　　記得一二月前報上載有一篇孫中山先生的談話，他説「我現在病了，但是我性太急，就使不病，恐怕於善後會議，也不能有多大補助。」我覺得這話最能表現孫先生的性格，並且表現其與普通中國人性癖的不同。因為性急為中國人所惡。且孫先生之與眾不同正在這「性」字上面，故使我感覺改造中國之萬分困難。如魯迅先生所云，今日救國在於一條迂謬渺茫的途徑，即「思想革命」，此語誠是；然愚意以為今日救國與其説在「思想革命」，何如説在「性之改造」。這當然是比「思想革命」更難辦到，更其迂謬而渺茫的途徑。中國人今日之病固在思想，而尤在性癖，革一人之思想比較尚容易，欲使一惰性慢性之人變為急性則殊不易。中國今日豈何嘗無思想，無主義，特此所謂主義，紙上之主義，此所謂思想，亦紙上之思想而已，求一為思想主義而性急，為高尚理想而狂熱而喪心病狂之人，求一轟轟烈烈非貫徹其主義不可，視其主義猶視其自身革命之人則不可得，有之則孫中山先生而已。難怪孫中山有「行之匪艱知之維艱」之學説。

若由歷史上求去，性急者每每為中國人所虐待，乃至顯的事實。中國也本來不喜歡性急，故子路早已得孔子「不得其死然」的詛咒。若屈原，若賈誼便略可為中國性急者之代表，尤其是賈誼，然賈誼也早有蘇東坡之譏其短見。此乃中庸哲學及樂天知命道理之天然結果。徐先生的非中庸論誠是：「聽天任命和中庸的空氣打不破，我國人的思想，永遠沒有進步的希望。」（《猛進》第三期答魯迅語）個人以為中庸哲學即中國人惰性之結晶，中庸即無主義之別名，所謂樂天知命亦無異不願奮鬥之通稱。中國最講求的是「立身安命」的道理，誠以命不肯安，則身無以立，唯身既立，即平素所抱主義已拋棄於九霄之外矣。中國人之惰性既得此中庸哲學之美名為掩護，遂使有一二急性之人亦步步為所吸收融化（可謂之中庸化），而國中稍有急性之人乃絕不易得。及全國既被了中庸化而今日國中衰頹不振之現象成矣。即以留學生而論，其初回國時大都皆帶一點洋鬼子之急躁性，以是洋氣洋癖，時露頭面，亦不免為同事者所覷笑，視為不識時務。由是乎時久日漸少有不變為識時務及見世面之時賢。及其時務已識，世面已見，中庸不偏之工夫練到，樂天知命之學理精通，而官運亨通名流之資格成矣。

　　我覺得孫中山先生性格不大像中國人，是指孫中山先生不像現代的中國人。至於孫中山先生能不能像將來的中國人，這便是吾人今日教育之最大問題。果使孫中山是像將來的中國人，那末我們也可不必為將來的中國擔憂了。要使孫中山先生像將來的中國人，換言之，要使現代惰性充盈的中國人變成有點急性的中國人是看我們能不能現代激成一個超乎「思想革命」而上的「精神復興」運動。

豈明先生已經說過（《語絲》第十九期），「照現在這樣做下去。不但民國不會實現，連中華也頗危險……『心所為危不敢不告』，希望大家注意」，誠然應希望大家注意。

　　提倡「精神復興」，我覺得是今日言論界最重要的工作。

一九二五，三，二十九

（選自《翦拂集》，上海：北新書局，1928 年）

吃粢粑有感

林語堂

　　今日是陰曆十二月廿三，向來俗例為「送灶君」之節期。大概這個俗節，全國皆守，獨於閩南另有特別風俗，未知江浙及北方有沒有。閩南人於這送灶君上天之日，必吃粢粑，蓋含有深長的用意。因為俗傳，灶君知人家裏事，所謂不可外揚的家醜，他都知道了。在十二月廿三日灶君上天，照例須在玉皇上帝面前報告家中男婦老幼各人的善惡。這卻於世人有許多不便了。於是吾閩南人想出一法，於祭灶君之時，請他吃粢粑，粢粑是用糯米做的，又白又軟又黏嘴。祭者之用意是對灶君實行新聞檢查，使灶君吃下去，口舌都糊住了，於是到了玉皇面前，雖欲開口而不得。這實在是吾閩南人的特別聰明。由此我們可以得以下幾種結論。（一）做中國人的灶君，也太難了，言論自由常有被剝奪之危險。中國古時鑄金人，尚要三緘其口，何況是灶君，又何況是《生活週刊》「主張與批評」之編輯？所以當今《生活週刊》等被人請吃粢粑，也不必大驚小怪。（二）中國人喜歡封他人之口，此癖由來已久。自己不發言論時，個個人可變為新聞檢查員。再進一步，便是只許我封你的口，不許你封我的口。（三）中國人相信封口之效力真大，灶君吃一口粢粑，可以便叫玉皇懵懂起來，翁姑虐殺媳婦者，將來逝世，玉皇還要派一隊金童玉女，用一陣笙簫管弦，迎他上天。再進一步，便是既有粢粑，即使一年三百六十五日天天虐殺一個媳婦也無妨。

（四）事實上，玉皇上帝若有一點聰明，看見閩南灶君回來，個個粢粑封口，必感覺閩南人個個是壞蛋。（五）在中國好說話者，無論是神是人，都要遭人忌惡，因此「莫談國事」乃為中國茶樓之國粹。（六）豬嘴吐不出象牙之說不盡是。凡言人善惡者皆豬牙，只有隱惡揚善者，雖是豬，亦可奉為象。由是而得——（七）嘴之作用，所以揚人之善。正作用是吃飯，副作用是頌「臣罪當誅天王聖明」之文章，或是唸唸《大人賦》，《羽獵賦》，唱唱《劇秦美新》的妙文。（八）中國人相信，「若要人不知，除非封他嘴」是一句箴言。（九）封嘴之方法真簡單，且便宜。中國人相信粢粑真正可以糊口，一切都無須科學化。（十）中國人以為請一人吃過粢粑，就使不能密封其嘴，到底可使其人舌頭膠泥，發音不明。大概玉皇上帝也是中國人，所以聽見灶君說話媽媽虎虎，也就媽媽虎虎了事，不甚追究。於是在這媽媽虎虎主義之下，中國民族得有四千年的光榮歷史。

（選自《我的話》，上海：時代圖書公司，1934 年）

粢粑與糖元寶

林語堂

二月八日《社會日報》社論有靈犀君論〈粢粑與糖元寶〉一文，考證閩南與江南風俗之不同，及證說明江南人比閩南人聰明。靈犀君説：

> 可是在江南地方，送灶君卻不用粢粑，而以糖元寶為祭品，其用意雖也同是要教灶君不要把人間的罪惡，去報告玉皇大帝，只不過所含的作用，略有不同罷了。

> 糖元寶這樣東西，既是元寶，又是甜津津的糖做成的，自然誰都歡迎。灶君雖是一家之神，可是見了糖元寶，那有不眉開眼笑，表示歡迎之理。他既接受了人家的糖元寶，自然也不會再去説人家的壞話了。所以我認為用粢粑去封住灶君的嘴，倒不如以糖元寶去塞灶君的嘴，來得有效。該文作者，雖在稱讚閩人之聰明，我卻認為江南人比閩人還來得聰明。因為以力服人，總不及以德服人，而吃人酒肉，與人消災卻是不磨之哲理，又何況所吃的是糖元寶，灶君又怎好吃了元寶以後，再在背後説壞話呢。該刊〈碧眼兒日記〉上説：「塞沒汽車夫格嘴，用五個法郎，塞沒律師格嘴，我想廿五個法郎也儘夠哉」，以糖元寶去塞灶君的嘴，和以法郎去塞汽車夫律師的嘴，正是同一作用呢。

於是我又得到數條結論。（一）江南人圓滑，閩南人粗笨，而江南人之世故比閩南人深。江南人能因計就計，買好玉皇的間諜，確比閩南人高明一等。（二）江南的灶君比閩南的灶君福氣大。（三）豬嘴吐不出象牙之說，又須修正。閩南的豬吐的永遠是豬牙，江南的豬吃糖元寶後，便會替你長象牙。不過也不一定，據我看過，凡是豬，有糖元寶可吃，都有長象牙之可能。（四）倘是豬，吃人家的糖元寶，而不替人家長象牙，再去說人家的壞話，這種豬便是沒良心，不道德，不識抬舉，可惡。社會對他一致不滿。反之，凡善長象牙的豬，家家戶戶歡迎，可以挨戶輪吃，吃那一家的糖元寶，長那一家的象牙，做報效。（五）粢粑與糖元寶不妨分別豬性，同時並用。會長象牙的豬給以糖元寶，不識抬舉之豬給以粢粑，實行封嘴，如此則天下可享太平，且聖主未有不可得賢臣而為之頌。（六）無論在江南在閩南，玉皇大帝總是倒楣。（七）豬嘴吐出來的象牙，頗有人造意味，此類贗貨，令人看見討厭，我以為既然做豬，還是吐豬牙為是，尤其是野豬磨利的牙貨真價實，光亮可愛。（八）料想江南的豬皆善辭令。（九）今日中國的豬，總須打算，你是要吃糖元寶呢，還是要預備封嘴呢？（十）《論語》兩樣都不吃，只要露牙而笑，並且所露的都是真正野豬牙。

（選自《我的話》，上海：時代圖書公司，1934 年）

東西文化及其衝突

陳源

梁漱溟先生在北大哲學系師生聯歡會的演說辭裏，有幾句也像徐樹錚先生的話，可以代表中國一般「道學先生」的心理，同時也與徐先生犯一樣的毛病。梁先生說：「替社會做事，享受總要薄一點才對。我從未走進真光電影場，從未看過梅蘭芳的戲，總覺得到那些地方是甚可恥。」（見五月二十二日《北京大學日刊》）

人類不僅僅是理智的動物，他們在體格方面就求康健強壯，在社會方面就求同情，在感情方面就求種種的美。種種方面有充分的發達的人，才可以算完人。有一個方面不發達，猶之身體有一部分不健全，其餘的方面也少不了受它的影響，因之不能充分的發達。

董仲舒「十年不窺園」，泰谷爾卻勸人多親近自然，不用讀書。如果真不用讀書，那麼生長於自然之間的很多，何以牧童田夫不都成詩人？同時我們覺得如果董先生有時到園中去走走，他的闡發學問的智力也許只有增進吧。自然固然是啟發美感的大寶藏，詩歌，小說，圖畫，雕刻，音樂，戲劇，那一種不可以啟發，訓練，節制人類的情感？所以看戲聽音樂非但沒有什麼「可恥」，簡直是人人當有的娛樂。

以前中國人總反對遊戲，休息，總以為工作須終日不休才好。現在的人對於這問題的觀念漸漸的改了，他們知道休息之後，工作

敏捷勤快得多，雖然還有人在教育會提議廢止星期日。梁先生的這種觀念，也正是如此。

自然，我們對於每星期必看幾次電影，梅蘭芳每唱戲必到的人，也沒有什麼同情。過度總是不大可取的。一個人對於飲食沒有節制尚且成「老饕」，讀書而不顧其他的尚且成「書獃子」，何況別的呢？

舊式的中國人，克己太甚，對於一切娛樂都同樣的排斥。結果音樂戲劇成了與賭博、逛窰子一樣不名譽「可恥」的事。人情既然少不了娛樂，賭博，逛窰子也就成了與音樂、戲劇一樣平淡無奇的事了。所以我覺得梁先生這種意見與言論是有害而無益的。

一個朋友看了這一段閒話之後，說羅慎齋在湖南嶽麓書院當山長的時候，下命令把書院裏的數株桃樹斫了，因為恐怕桃花引動了書生們的邪思。這話聽來好像荒唐，其實是與梁先生是思想一貫的。

（選自《西瀅閒話》，上海：新月書店，1928 年）

管閒事

陳源

　　民國十四年在槍炮聲中過去了，十五年也就在槍炮代爆竹聲中落下了地。這十五年是不是還得像十四年，那樣的混亂不可收拾，我們實在無從預料。不錯，十四年來，政局一天混沌一天，小百姓一天困苦一天，我們有了這長久的經驗，應當可以猜到這來到的年頭不過又是那麼一回事了，然而我們還希望着。我們不得不希望着，正因為不希望只有絕望的路了。

　　「以前種種事，譬如昨日死，以後種種事，譬如今日生。」在新年的時候，一個人是容易有這種決心的。我們不免結一結舊賬，過了年好換一本新賬簿。前幾天，一位我極尊敬的老先生在朋友面前說着我。他說某人真是不了，他喜歡管閒事，到處惹禍，這樣下去，還要惹出大禍來呢。這位老先生生平就是愛管閒事，到處惹禍，他還這樣說，足見這話是很有理由的了。我們新年的決心，不如就說以後永遠不管人家的閒事吧？

　　然而仔細想來，我們何嘗愛管閒事呢？實在中國愛管閒事的人太少了。歐洲人好像不是這樣的。

　　有一次，我立在倫敦一條街上，候着看新市長就職的行列。大約立了一點鐘，我身後的人已有數重，忽然一個中年婦人突來站在我的面前。我自然一聲不響的退讓了。我兩旁的不認識的女子卻抱了不平。她們說我站了一點多鐘，那婦人不應當搶我的地位。中年

婦人聽了她們的批評，面紅耳熱的，逡巡自去。她去後我兩旁的人還憤憤的說她無禮。這種事在中國會有嗎？誰肯這樣無故的開罪他人，何況為了不認識的外國人？然而這樣的傻子我自己在英國遇見的就不止一次。

法國人的公道，我自己雖然沒有經歷過，然而十九世紀末幾年的一樁案件是誰都知道的。法國軍隊裏一個少年猶太軍官受了私通敵國的嫌疑，革職定罪。法國人民自然都拍手稱快。然而軍官的友人竭力為他剖白，引起了幾個管閒事人的注意。他們覺得證據不足，要求重審。最初這少數的人為了好管閒事，激動公憤，身家性命都幾乎不保。他們卻百折不回的繼續奮鬥，至兩年之久，究竟得申冤獄。在那兩年中，法國全國人民，分為二派——德雷夫黨，和反德雷夫黨——就是父子，兄弟，夫妻，朋友都為了它分離反目。不用說，反德雷夫黨自然是大多數，知識界階的人也就不少。然而我們所最傾倒幾個近代法國文人如 Zola, Anatole France, Romain Rolland 卻多在被人唾棄的廿數人中，為了一個毫不相干的猶太人卻費了許多光陰，拋棄了自己的事業，犯了被猶太人收買的嫌疑，冒了身家性命不保的危險，去奔走呼號，主持公道，當然只有傻子才肯幹，然而法國居然還有少數這樣的傻子。

中國人的毛病就是他們太聰明了。「各人自掃門前雪，莫管他家瓦上霜。」真是一條好格言。本來一個人為什麼要管閒事？自己省了許多事，還在眾人面前討了好，何樂而不為呢？如果偶然有些好事人，擾亂他們的安靜，只要說他是受人的指使，領人家的津貼，就可以閉了他們的嘴。這本也難怪。誰能相信人家不與自己同樣的卑鄙？誰能承認自己有不如人家的地方？

中國人最初不管鄰家瓦上霜，久而久之，連自己門前的雪也不管了，如果有人同住的話。所以軍閥政客雖然是少數，小百姓雖然受盡了苦，卻不肯團結起來反抗他們。學校風潮，只要有十分之一的學生叫囂搗亂，就可以拆散學校，引起學潮。其餘的十分之九心中雖十二分的不願意，卻不能積極的團結起來，阻止那少數分子的胡鬧。

生活在這種人中，自然有許多看不過眼的事情，不得不說兩句話。這樣就常常惹了禍了。可是我們究竟也是中國人，本性何嘗愛管閒事呢？並且我們也有自己的生活要維持，還有許多天地間的奇書沒有讀，那有閒功夫來代人抱不平？這就算我們的新年的決心吧，雖然下次遇到了看不過眼的事情，能不能忍住不說話，我實在不敢保。

（選自《西瀅閒話》，上海：新月書店，1928年）

「旁若無人」

梁實秋

　　在電影院裏，我們大概都常遇到一種不愉快的經驗。在你聚精會神的靜坐着看電影的時候，會忽然覺得身下坐着的椅子顫動起來，動得很勻，不至於把你從座位裏掀出去，動得很促，不至於把你顛搖入睡，顫動之快慢急徐，恰好令你覺得他討厭。大概是輕微地震罷？左右探察震源，忽然又不顫動了。在你剛收起心來繼續看電影的時候，顫動又來了。如果下決心尋找震源，不久就可以發現，毛病大概是出在附近的一位先生的大腿上。他的足尖踏在前排椅撐上，繃足了勁，利用腿筋的彈性，很優遊的在那裏發抖。如果這拘攣性的動作是由於羊癲瘋一類的病症的暴發，我們要原諒他，但是不像，他嘴裏並不吐白沫。看樣子也不像是神經衰弱，他的動作是能收能發的，時作時歇，指揮如意。若說他是有意使前後左右兩排座客不得安生，卻也不然。全是陌生人無仇無恨，我們站在被害人的立場上看，這種變態行為只有一種解釋，那便是他的意志過於集中，忘記旁邊還有別人，換言之，便是「旁若無人」的態度。

　　「旁若無人」的精神表現在日常行為上者不只一端。例如欠伸，原是常事，「氣乏則欠，體倦則伸。」但是在稠人廣眾之中，張開血盆巨口，作吃人狀，把口裏的獠牙顯露出來，再加上伸胳臂伸腿如演太極，那樣子就不免嚇人。有人打哈欠還帶音樂的，其聲

嗚嗚然，如吹號角，如鳴警報，如猿啼，如鶴唳，音容並茂，《禮記》：「侍坐於君子，君子欠伸，撰杖屨，視日蚤莫，侍坐者請出矣。」是欠伸合於古禮，但亦以「君子」為限，平民豈可援引，對人伸胳臂張嘴，縱不嚇人，至少令人覺得你是在逐客，或是表示你自己不能管制你自己的肢體。

　　鄰居有叟，平常不大回家，每次歸來必令我聞知。清晨有三聲噴嚏，不只是清脆，而且宏亮，中氣充沛，根據那聲音之響我揣測必有異物入鼻，或是有人插入紙捻，那聲音撞擊在臉盆之上有金石聲！隨後是大排場的漱口，真是排山倒海，猶如骨鯁在喉，又似蒼蠅下嚥。再隨後是三餐的飽嗝，一串串的咯聲，像是下水道不甚暢通的樣子。可惜隔着牆沒能看見他剔牙，否則那一份刮垢磨光的鑽探工程，場面也不會太小。

　　這一切「旁若無人」的表演究竟是偶然突發事件，經常令人困惱的乃是高聲談話。在喊救命的時候，聲音當然不嫌其大，除非是脖子被人踩在腳底下，但是普通的談話似乎可以令人聽見為度，而無需一定要力竭聲嘶的去振聾發聵。生理學告訴我們，發音的器官是很複雜的，說話一分鐘要有九百個動作，有一百塊筋肉在弛張，但是大多數人似乎還嫌不足，恨不得嘴上再長一個擴大器。有個外國人疑心我們國人的耳鼓生得異樣，那層膜許是特別厚，非扯着脖子喊不能聽見，所以說話總是像打架。這批評有多少真理，我不知道。不過我們國人會嚷的本領，是誰也不能否認的。電影場裏電燈初滅的時候，總有幾聲「噯喲，小三兒，你在哪兒哪？」在戲院裏，演員像是演默劇，大鑼大鼓之聲依稀可聞，主要的聲音是觀眾

鼎沸，令人感覺好像是置身蛙塘。在旅館裏，好像前後左右都是廟會，不到夜深休想安眠，安眠之後難免沒有響皮底的大皮靴，毫無慚愧的在你門前踱來踱去。天未大亮，又有各種市聲前來侵擾。一個人大聲說話，是本能；小聲說話，是文明。以動物而論，獅吼，狼嗥，虎嘯，驢鳴，犬吠，即是小如促織蚯蚓，聲音都不算小，都不會像人似的有時候也會低聲說話。大概文明程度愈高，說話愈不以聲大見長。群居的習慣愈久，愈不容易存留「旁若無人」的幻覺。我們以農立國，鄉間地曠人稀，畎畝阡陌之間，低聲說一句「早安」是不濟事的，必得扯長了脖子喊一聲「你吃過飯啦？」可怪的是，在人煙稠密的所在，人的喉嚨還是不能縮小。更可異的是，紙驢嗓，破鑼嗓，喇叭嗓，公雞嗓，並不被一般的認為是缺陷，而且麻衣相法還公然的說，聲音洪亮者主貴！

叔本華有一段寓言：

一群豪豬在一個寒冷的冬天擠在一起取暖；但是他們的刺毛開始互相擊刺，於是不得不分散開。可是寒冷又把他們驅在一起，於是同樣的事故又發生了。最後，經過幾番的聚散，他們發現最好是彼此保持相當的距離。同樣的，群居的需要使得人形的豪豬聚在一起，只是他們本性中的帶刺的令人不快的刺毛使得彼此厭惡。他們最後發現的使彼此可以相安的那個距離，便是那一套禮貌；凡違犯禮貌者便要受嚴詞警告——用英語來說——請保持相當距離。用這方法，彼此取暖的需要只是相當的滿足了；可是彼此可以不至互刺。自己有些暖氣的人情願走得遠遠的，既不刺人，又可不受人刺。

逃避不是辦法。我們只是希望人形的豪豬時常的提醒自己：這世界上除了自己還有別人，人形的豪豬既不止我一個，最好是把自己的大大小小的刺毛收斂一下，不必像孔雀開屏似的把自己的刺毛都儘量的伸張。

（選自《雅舍小品》，香港：碧輝出版公司，1936）

中國的實用主義

夏丏尊

　　前天，本校數學教師劉心如先生和我說：「有一個學生問我，數學學了有什麼用？」我聽了他的話，不覺想起了從書上看見過的一件故事來。幾何學的老祖宗歐幾利德曾聚集了許多青年教授幾何，其中有一青年對於幾何學也發生學了有什麼用的疑問來，去問歐幾利德。歐幾利德叫人拿兩個銅幣給他。這青年莫名其妙起來。歐幾利德和他說：「你不是問『用』嗎？銅幣是可『用』的，你拿去用吧！」

　　劉先生在本校所用的數學教科書是美國布利士的混合數學。美國是以重實用出名的國度，哲學上的實用主義，美國很有幾個大家，美國的教育全重實用。這重實用的布利士的數學教科書，學了還怕沒有用，中國人的實用狂，程度現在美國以上了！

　　中國民族的重實利由來已久，一切學問、宗教、文學、思想、藝術等等，都以實用實利為根據。

　　一、學問　中國古來少有獨立的學問：歷史是明君臣大義的；禮是正人心的；樂是易風移俗的；考據金石之學是用以解經的……哪一件不是政治或聖人之經的奴隸？這就是各種學問的用處！

　　二、宗教　中國古來宗教的對象是天，「畏天」「敬天」等語時見於古典中。可是中國人對於天的敬畏，全是以吉凶禍福為標準

的，以為天能授福，能降凶，畏天敬天就是想轉凶為吉，避禍得福。這樣功利的宗教心，和他民族的絕對歸依的宗教心全異其趣。佛教原是無功利的色彩的，一傳入中國也蒙上了一層實利的色彩。民眾間的求神或為求子，或為免災。所謂「急來抱佛腳」，都是想「拋磚引玉」，取得較多的報酬。

三、思想　中國無唯理哲學。《易經》總算是論高遠的哲理的，但也並不是為理說理，是以為明瞭理可以致用的。什麼吉，什麼凶，什麼禍福等類的詞，充滿於全書中。可見《易經》雖說抽象的哲理，其目的所在仍是具體的實用，怪不得到現在流為佔卜的工具了。到了孔子，這實用主義愈發明白表示了。「未知生，焉知死」，「子不語怪力亂神」，是何等現世的，實利的！孟子以後，這實利主義更加露骨。孟子教梁惠王齊宣王行仁義，都是以「利」或富國強兵為釣餌的。

和孔孟相較，老子的思想似乎去實用較遠，其實內面仍充滿着實利的分子。老子表面上雖主張無為，而其目的卻在提倡了「無為」去做到「無不為」；在某種意義上，實利的慾望可謂遠過於孔孟，觀法家思想的出於老子，就可知道老子的精神所在了。

四、文學　「文以載道」的中國當然少有純粹的文學。我們試看上古的文學內容怎樣，不是大多數是諷政治之隆污，頌君后之功德的嗎？一部《詩經》中純粹的抒情詩有幾？偶然有幾首人情自然流露如男女戀愛的詩，也被注家加上別的解釋了。《詩經》以後的詩雖實利的分子較少，但往往被人視為小道，視為雕蟲小技，除一二所謂「好學者」外是少有興味的。戲曲小說也是這樣，教做勸善懲惡或移風易俗的奴隸。無論如何齟齬的戲劇和小說，只要用着

什麼「報」字為名，就都可當官演唱，毫無顧忌。做小說戲曲的人也要用「言之者無罪，聞之者足戒」為標語。因為文人作文是要有益於世道人心的，無益於世道人心的文字在中國是不能存在的！

五、藝術　中國雖是古國，可是藝術很不發達，因為藝術和實用是不相調和的。中國歷史上的舊建築物只有城壘等等，至於普通家屋，到現在還不及世界任何的文明國。佛教傳入以後，帶了許多的佛教藝術來，造像、塔、寺殿等，到中國後雖無遠大進步，仍不失為中國藝術上的重要部分。中國對藝術皆用實利的眼光去看，替藝術品穿上一件實利的衣裳。秦漢以來金石上的吉祥語就是這心情的表現。再看中國畫上的題句吧！畫牡丹花的，要題什麼「玉堂富貴」；畫竹子的，要「華封三祝」。水墨龍畫是可以避火的，鍾馗像是可以避邪的，所以大家都喜歡掛在廳堂裏。

中國的實利主義的潮流發源可謂很遠，流域也很廣泛，滔滔然幾乎無孔不入。養子是為防老，娶妻是為生子，讀書是為做官，行慈善是為了名聲……除用「做什麼是為什麼」來做公式外，實在說也說不盡！中國對於事情非有利不做，而所謂利，又是眼前的、現世的、個人的利。凡事要用利來引誘才得發生興趣，所謂「利之所在，人必趨之」。凡事要講「用」，凡事要問「有什麼用？」怪不得現在大家流行所謂「利用」的手段了！

中國人經商向來是名聞全球的。其實，中國人是天生的好商人，即不經商的官僚、兵卒、學者、教師，也都含有商人性質的。

這樣傳統的實利實用思想，如果不除去若干，中國是沒有什麼進步可說的！我們生活在地球上，要絕對地不管實用原是不可能的

事，但不應只作實用實利的奴隸。世界的文明有許多或是由需要而成的，例如因為要避風雨就發明了房屋，因為要充飢就發明了飯食等。但我們究不應説房屋只要能避風雨就夠，飯食只要能充飢就夠的。中國人的實用實利主義，實足撲殺一切文明的進化。

又，文明之中，有大部分是發明者先無所為，到了後來卻有大用大利的。瓦特用心研究蒸汽力時，何嘗想造火車頭？居里研究鐳，何嘗想造夜光錶？化學學者在試驗室裏把試驗管用心觀察，發明了種種事情，何嘗是為了開工廠作富翁？發明電氣的何嘗料到可以駛電車？

人類有創造的衝動，種種文明都可以説是創造衝動的產物。中國人的創造衝動都被淺薄的實利實用主義壓滅了！你看，孜孜於實用實利的中國人，有像瓦特、居里那樣的文明的創造者發明者嗎？舊有的文明有進步嗎？火藥是中國發明的，在中國不是只做鞭炮嗎？羅盤是中國發明的，不是到現在只用來看風水嗎？

唯其以實用實利為標準，結果愈無利可得，無用可言。因為對於一切的要求太低，當然不會發生較高的慾望來。例如中國人娶妻的目的在生子，那麼就只要有生殖機關的女子就不妨作妻了！社會上實際情形確是如此。你看這要求何等和平客氣，真是所謂「所欲不奢」了！

中國人因為幾千年抱實利實用主義的緣故，一切都不進化。無純粹的歷史，無純粹的宗教，無純粹的藝術，無純粹的文學，並且竟至於弄到可用的物品都沒有了！國民日常所用的物品，有許多都要仰給外人，金錢也流到外人的手裏去！

幾千年來抱着實利實用主義的中國人啊！你們的「用」在哪裏？你們的「利」在哪裏？

（選自《夏丏尊文集》，杭州：浙江文藝出版社，1983年）

並存和折中

夏丏尊

　　從小讀過《中庸》的中國人，有一種傳統的思想和習慣，凡遇正反對的東西，都把他並存起來，或折中起來，意味的有無是不管的。這種怪異的情形，無論何時何地，都可隨在發見。

　　已經有警察了，敲更的更夫依舊在城市存在，地保也仍在各鄉鎮存在。已經裝了電燈了，廳堂中同時還掛着錫制的「滿堂紅」。劇場已用佈景，排着佈景的桌椅了，演劇的還坐佈景的椅子以外的椅子。已經用白話文了，有的學校同時還教着古文。已經改了陽曆了，陰曆還在那裏被人沿用。已經國體共和了，皇帝還依然坐在北京，……這就是所謂並存。

　　如果能「並行而不悖」原也不妨。但上面這樣的並存，其實都是悖的。中國人在這裏有一個很好的方法來掩飾其悖，使人看了好像是不悖的。這方法是什麼？就是「巧立名目」。

　　有了警察以後，地保就改名「鄉警」了；行了陽曆以後，陰曆就名叫「夏正」了；改編新軍以後，舊式的防營叫做「警備隊」了；明明是一妻一妾，也可以用什麼叫做「兩頭大」的名目來並存；這種事例舉不勝舉，實在滑稽萬分。現在的督軍制度，不就是以前的駐防嗎？總統不就是以前的皇帝嗎？都不是在那裏借了巧立的名目，來與「民國」並存的嗎？以彼例此，我們實在不能不懷疑了！

至於折中的現象，也到處都是。醫生用一味冷藥，必須再用一味熱藥來防止太冷；髮辮剪去了，有許多人還把辮子底根盤留着，以為全體剪去也不好；除少數的都會的婦女外，鄉間做母親的有許多還用「太小不好，太大也不好」的態度，替女兒纏成不大不小的中腳。「某人的話是對的，不過太新了」，「不新不舊」也和「不豐不儉」「不亢不卑」⋯⋯一樣，是一般人們底理想！「於自由之中，仍寓限制之意」，「法無可恕，情有可原」，⋯⋯這是中國式的公文格調！「不可太信，不可太不信」，這是中國人底信仰態度！

這折中的辦法是中國人的長技，凡是外來的東西，一到中國人底手裏就都要受一番折中的處分。折中了外來的佛教思想和中國固有的思想，出了許多的「禪儒」；幾次被他族征服了，卻幾次都能用折中的方法，把他族和自己的種族弄成一樣。這都是歷史上中國人的奇跡！

「中西」兩個字觸目皆是：有「中西藥房」，有「中西旅館」，有「中西大菜」，有「中西醫士」，還有中西合璧的家屋，不中不西的曼陀派的仕女畫！

討價一千，還價五百，不成的時候，就再用七百五十的中數來折中。不但買賣上如此，到處都可用為公式。什麼「妥協」，什麼「調停」，都是這折中的別名。中國真不愧為「中」國哩！

在這並存和折中主義跋扈的中國，是難有徹底的改革，長足的進步的希望的。變法幾十年了，成效在哪裏？革命以前與革命以後，除一部分的男子剪去髮辮，把一面黃龍旗換了五色旗以外，有什麼大分別？遷就復遷就，調停復調停，新的不成，舊的不成，即使再經過多少年月，恐怕也不能顯着地改易這老大國家的面目吧！

我們不能不詛咒古來「不為已甚」的教訓了！我們要勸國民吃一服「極端」的毒藥，來振起這祖先傳下來的宿疾！我們要拜託國內軍閥：「你們如果是要作孽的，務須快作，務須作得再厲害一點！你們如果是卑怯的，務須再卑怯一點！」我們要懇求國內的政客：「你們底『政治』，應該極端才好！要制憲嗎？索性制憲！要聯省自治嗎？索性聯省自治！要復辟嗎？復辟也可以！要賣國嗎？爽爽快快地賣國就是了！」我們希望我國軍閥中，有拿破崙那樣的人；我們希望我國「政治家」中，有梅特涅那樣的人。辛亥式的革命，袁世凱式的帝制，張勳式的復辟，南北式的戰爭，忽而國民大會，忽而人民制憲，忽而聯省自治等類不死不活不痛不癢的方子，愈使中華民國的毛病陷入慢性。我們對於最近的奉直戰爭，原希望有一面倒滅的，不料結果仍是一個並存的局面，仍是一個折中的覆轍！

　　社會一般人的心裏都認執拗不化的人為癡呆，以模稜兩可。不為已甚的人為聰明。中國人實在比一切別國的人來得聰明！同是聖人，中國的孔子比印度棄國出家的釋迦聰明得多，比猶太的為門徒所賣身受磔刑的耶穌也聰明得多哩！至於現在，國民比聰明的孔子更聰明了！

　　我希望中國有癡呆的人出現！沒有釋迦、耶穌等類的太癡呆也可以，至少像托爾斯泰、易卜生等類的小癡呆是要幾個的！現在把癡呆的易卜生底呆話，來介紹給聰明的同胞們吧：

　　「不完全，則寧無！」

（選自《夏丏尊文集》，上海：上海文藝出版社，1983 年）

象 的 故 事

陳源

　　前波蘭總統，著名的大音樂家 Paderewski 在倫敦的新聞記者俱樂部演說，講了一個故事。據說這個故事近來在歐洲是極流行的。有人請一個英國人，一個法國人，一個德國人，和一個波蘭人都去著一篇關於象的論文。英國人預備好了打獵的行裝，到印度去了，一年之後，回來寫了一本有許多插畫相片的書，叫《大象，怎樣的去打它》。法國人到巴黎的萬牲園去看裏面養的象，結交了看象的人做朋友，請他吃了幾次飯，六星期之內就寫成了一篇〈象的戀愛〉。德國人把所有說到象的書籍文件都讀完了，寫了一部三厚冊的巨著，名字叫《象學入門》。俄國人回到樓頂上的小屋子裏，喝了無數瓶的 vodka 酒，無數壺的茶，寫了一本小書，叫《象——有沒有這種動物？》波蘭人回去就寫，六星期後出一本叫《象與波蘭問題》的小冊子。

　　這一段短短的故事把英法德波蘭的民族性形容得淋漓盡致，唯妙唯肖，無怪乎盛傳一時了。要是裏面又加了一個中國人，我想他一定在五分鐘以內就寫好了一首白話詩！「龐大無比的象呀，我羨慕你那韌厚的皮」。要是兩句的白話詩算不得一篇論文，那麼他回去翻翻舊雜誌，副刊合訂本之類，東鈔一段，西湊一頁，大約用不着兩天，一篇論文必定可以寫好了吧。這自然是說在平時的話，若

在現時，他當然寫一篇〈英日帝國主義之侵略者——象〉，還用得懷疑嗎？

（選自《西瀅閒話》，上海：新月書店，1928 年）

從外國回來的悲哀

廖沫沙

　　一個從外國住了十幾年後回來的朋友，近日時常跑來向我訴苦，說中國的生活過不慣。譬如大便，馬桶既蹲不來，而遍上海打鑼也尋不出一個乾淨的公共廁所。一到上海，起首就一星期不能大便，後來學習了蹲馬桶，但也要三天後方能解一次。

　　於是我告訴他，這是他沒有習慣的原故。但要是有錢，上海也還是可以舒服的，不過不能像外國那麼便宜罷了：工人可以乘汽車上工，用抽水馬桶大便。因為「中國是苦命的中國，中國人是苦命的中國人」，以大喻小，譬如國難，我們就「要安排吃苦」，不叫喚，也許國難可救，一叫喚，「便有亡國的危險」。所以大便不出，第一義也只有「沉默」，否則也許要「不許大便，如違送捕的」。

　　那位朋友又向我訴述別的種種苦楚：上電車要爭先後，買東西要爭價錢，否則常常吃虧。例如：一天，到郵局去發掛號信，因為照外國習慣，自己挨着次序，但別人卻搶先去了，結果足足等了一個鐘頭才把信發掉；又一天乘黃包車，被拉到半途，放下來要加錢，……之類。

　　我說這也是沒有辦法的，等一等習慣了，自然沒有困難。中國同胞，即使軍、政、學、商各界在「道德字典」中揀選一百字，叫人奉為信條，「維持道德，挽回人心」，也無辦法。倘使和你一道

去買郵票的人也和你一樣有機會到外國去住十幾年，拉黃包車的也和你一樣有錢乘車，中國早已由「苦命」變為「好命」了，何必一面抵抗，一面交涉？所以如今「苦命是註定了」的，要安排吃苦，不要叫苦。

那位朋友搖搖頭，慘然而去。

原載一九三三年五月八日《申報‧自由談》，署名達伍。

（選自《廖沫沙文集》第 1 卷，北京：北京出版社，1986 年）

隔膜的笑劇

秦牧

在海禁初開的時代，大清帝國有個「大學士」不相信歐洲存在西班牙、葡萄牙這樣一些國家，以為這都是英、法等國捏造出來，藉以進行訛詐的。無知產生了隔膜，隔膜產生了笑劇，這樣的事情離現在已經頗久了。

現在還有沒有這類由於隔膜而產生的笑劇呢？有的，外國有，中國也有。也許因為我們住在作為祖國南大門的廣州，多接觸來來往往的國內外旅人的緣故吧，在我們這裏，是常常聽到這類事情的。

有一個從澳洲回來的朋友說，那裏，曾經發生過這麼一件事情：兩個中國人在路上走，一個忽感不適，另一個就在路旁給他刮痧，當病人肩背到處出現紅痧點的時候，一個警察走過來了，認為給人刮痧者犯了虐待他人的罪行，準備抓他去審訊，兩個中國人竭力辯解，說這是治病，並不是什麼虐待。誰知，這一來，警察又認為是犯了「無牌行醫罪」，問題更大了。糾纏了很久，後來經過其他過路的華僑的再三解釋，一場風波才告平息。

中國有好些事物，某些外國人看來，是非常離奇古怪的。像皮蛋，在我們看來，是十分平常的食物，但是某些外國人卻認為神奇莫測，竟稱它為「世紀蛋」或「千年蛋」，過去有些到國外研習化學的留學生，寫博士論文時竟有以皮蛋作專題的，而且居然獲得博士學位，因此被人稱為「皮蛋博士」。直到今天，仍有好些外國人

對於皮蛋莫測高深，空鑿附會地給它添上了一層神秘的色彩。有一個朋友曾經遇到一位墨西哥姑娘。那姑娘向他提出這樣的問題：「聽說你們中國有一種千年蛋，可以放一千年，是用大烏龜的蛋做成的。」這個朋友聽了如墜五里霧中，後來，彼此探詢了大半天，他才弄清這原來是皮蛋的訛傳。

又如：東歐有個別國家（如阿爾巴尼亞），點頭表示的是否定，微微搖頭表示的是肯定，這種動作，和世界上絕大多數地方的習慣剛好完全相反。曾經有一位朋友到那些國度去，上理髮館理髮，雙方言語不通，每過一陣子，理髮師就端起一面鏡子在後面照給他看，意思是問他剪這樣長短合不合適，他點頭表示「可以了」。誰知理髮師並不停剪，又動起剪來。這樣一而再，再而三，竟把髮剪到短得不成樣子，直到沒法再剪短的時候，理髮師這才甘休了。事後，他一打聽，原來問題全出在「點頭」「搖頭」所表現的意思，雙方原來是截然不同上面。

又如：有一次一批義大利人來中國訪問，在舉行宴會的時候，賓主雙方為各種題目乾杯。有一個很少接待外賓，不大熟諳禮儀的人，看到對方也是反法西斯的，就提議道：「讓我們為墨索里尼被吊死乾杯！」誰知這樣一來，竟出現不愉快的場面了，那幾個義大利人都不願舉杯。原來，儘管他們也是反法西斯的，但是在宴會習慣上，卻沒有為把人吊死而乾杯的前例。後來，總算轉移了題目，才沒有把這個僵局再延續下去。

在一般習慣上，作家出書，總是希望印得愈多愈好。但是，有些國家的作家，卻自鳴孤高，不願作品多印，只讓書籍少量流通於市場，使購書的人不容易獲得，以自矜身價。北京有一間出版社出

版了一個外國作家的作品，印行了五萬冊。當那個外國作家到中國訪問的時候，出版社負責人出面接待，客氣地說：「您的書，這次我們只印了五萬冊，以後銷完再印。」誰知那個作家聽了老大不高興，怫然地說：「為什麼要印五萬冊呢！印得多了，就顯不出它是珍貴的了。」一席話，弄得主人啼笑皆非。

像這一類的笑劇，在國際交往上，可以說是時常發生的。例如東南亞有些國家，視天靈蓋為神聖之處，把人家的左手認為是齷齪的器官（因為這些國家的人們上廁時有以左手洗滌肛門的風習），如果以左手去撫摸人家的頭頂，就可以發生嚴重的糾紛以至引起鬥毆。菊花在中國是勇鬥秋風、堅韌不拔的象徵，然而在世界的不少國家裏，它卻是死亡的象徵；如果碰到人家有喜事時，送一束菊花常常可以引起強烈的反感。貓頭鷹在中國的風習中是邪僻不祥之物，在國外好些地方則是智慧的象徵。蝸牛，在我們這裏常有人以之代表「遲鈍」，但在西方卻有人把它代表「毅力」，「十年」中風傳遐邇的「蝸牛事件」，正是那個無知而又驕橫的老婦，在這種強不知以為知的基礎上鬧起來的。

這一類笑劇，有的使人一笑，有的使人沉思，有的則使人歎息。那些盲目的崇洋狂者鬧的活劇，例如把海外盲人戴的有色眼鏡買了回來，天天戴着招搖過市，自炫「洋化」；或者，以為男人留頭髮愈長，在外國愈時髦的人，不怕積垢的骯髒，不怕長夏的悶熱，把頭髮留得男女不分，留得像隻黑熊般的人物，姑不論整潔才是美的道理他們一點不懂，單就「追求國外標準」這有時是很無聊可笑的一項來說吧，他們所追求的，在國外現在也已經日漸過時了，以至於有些外人來到中國旅行的時候，也驚訝於中國為什麼有

些男青年，頭髮之長竟超越過世界水準。這些糊裏糊塗的追求時髦者也不知道，像新加坡這類以「花園城市」著稱的國家，對於男青年留長頭髮早已懸為厲禁，如果不願剪短的，已經一律不准入境了。

國與國間的風俗習慣，本來就已經有許多的不同，中國現代史上經過了不幸的閉關鎖國的十年動亂的階段，又和許多國家擴大了彼此互不相知的距離，因此在這打開窗戶，以至在某一程度上開了大門，容許正常往來的日子裏，出現一些笑劇鬧劇，是並不奇怪的。甚至可以說，這是償還歷史債務所不可免的悲喜劇。寫到這裏，我禁不住想起了「不要哭，不要笑，而要了解」的那句格言，也禁不住想起在國內外交往日漸頻繁的日子裏，總是要出現各種各樣的人物的。真正能夠吸取人家的長處，排斥人家的短處，堅定不移地奮勇前行，為國家和人民造福的，終究是那些冷靜、樸素的探索者；而不是那些在洋風之前，目迷五色，直不起腰來的「時髦人」，也不是那些採取鴕鳥政策，對嶄新事物一律採取排斥態度的頑固派。

一九八一，十二，從化溫泉

（選自《秦牧自選集》，廣州：花城出版社，1984 年）

從孩子的照相說起

魯迅

　　因為長久沒有小孩子，曾有人說，這是我做人不好的報應，要絕種的。房東太太討厭我的時候，就不准她的孩子們到我這裏玩，叫作「給他冷清冷清，冷清得他要死！」但是，現在卻有了一個孩子，雖然能不能養大也很難說，然而目下總算已經頗能說些話，發表他自己的意見了。不過不會說還好，一會說，就使我覺得他彷彿也是我的敵人。

　　他有時對於我很不滿，有一回，當面對我說：「我做起爸爸來，還要好……」甚而至於頗近於「反動」，曾經給我一個嚴厲的批評道：「這種爸爸，什麼爸爸！？」

　　我不相信他的話。做兒子時，以將來的好父親自命，待到自己有了兒子的時候，先前的宣言早已忘得一乾二淨了。況且我自以為也不算怎麼壞的父親，雖然有時也要罵，甚至於打，其實是愛他的。所以他健康，活潑，頑皮，毫沒有被壓迫得瘟頭瘟腦。如果真的是一個「什麼爸爸」，他還敢當面發這樣反動的宣言麼？

　　但那健康和活潑，有時卻也使他吃虧，九一八事件後，就被同胞誤認為日本孩子，罵了好幾回，還挨過一次打——自然是並不重的。這裏還要加一句說的聽的，都不十分舒服的話：近一年多以來，這樣的事情可是一次也沒有了。

中國和日本的小孩子，穿的如果都是洋服，普通實在是很難分辨的。但我們這裏的有些人，卻有一種錯誤的速斷法：溫文爾雅，不大言笑，不大動彈的，是中國孩子；健壯活潑，不怕生人，大叫大跳的，是日本孩子。

然而奇怪，我曾在日本的照相館裏給他照過一張相，滿臉頑皮，也真像日本孩子；後來又在中國的照相館裏照了一張相，相類的衣服，然而面貌很拘謹，馴良，是一個道地的中國孩子了。

為了這事，我曾經想了一想。

這不同的大原因，是在照相師的。他所指示的站或坐的姿勢，兩國的照相師先就不相同，站定之後，他就瞪了眼睛，覷機攝取他以為最好的一刹那的相貌。孩子被擺在照相機的鏡頭之下，表情是總在變化的，時而活潑，時而頑皮，時而馴良，時而拘謹，時而煩厭，時而疑懼，時而無畏，時而疲勞……。照住了馴良和拘謹的一刹那的，是中國孩子相；照住了活潑或頑皮的一刹那的，就好像日本孩子相。

馴良之類並不是惡德。但發展開去，對一切事無不馴良，卻決不是美德，也許簡直倒是沒出息。「爸爸」和前輩的話，固然也要聽的，但也須說得有道理。假使有一個孩子，自以為事事都不如人，鞠躬倒退；或者滿臉笑容，實際上卻總是陰謀暗箭，我實在寧可聽到當面罵我「什麼東西」的爽快，而且希望他自己是一個東西。

但中國一般的趨勢，卻只在向馴良之類——「靜」的一方面發展，低眉順服，唯唯諾諾，才算一個好孩子，名之曰「有趣」。活潑，健康，頑強，挺胸仰面……凡是屬於「動」的，那就未免有人搖頭了，甚至於稱之為「洋氣」。又因為多年受着侵略，就和這「洋

「氣」為仇；更進一步，則故意和這「洋氣」反一調：他們活動，我偏靜坐；他們講科學，我偏扶乩；他們穿短衣，我偏着長衫；他們重衛生，我偏吃蒼蠅；他們壯健，我偏生病……這才是保存中國固有文化，這才是愛國，這才不是奴隸性。

其實，由我看來，所謂「洋氣」之中，有不少是優點，也是中國人性質中所本有的，但因了歷朝的壓抑，已經萎縮了下去，現在就連自己也莫名其妙，統統送給洋人了。這是必須拿它回來——恢復過來的——自然還得加一番慎重的選擇。

即使並非中國所固有的罷，只要是優點，我們也應該學習。即使那老師是我們的仇敵罷，我們也應該向他學習。我在這裏要提出現在大家所不高興說的日本來，他的會摹仿，少創造，是為中國的許多論者所鄙薄的，但是，只要看看他們的出版物和工業品，早非中國所及，就知道「會摹仿」決不是劣點，我們正應該學習這「會摹仿」的。「會摹仿」又加以有創造，不是更好麼？否則，只不過是一個「恨恨而死」而已。

我在這裏還要附加一句像是多餘的聲明：我相信自己的主張，決不是「受了帝國主義者的指使」，要誘中國人做奴才；而滿口愛國，滿身國粹，也於實際上的做奴才並無妨礙。

八月七日

（選自《魯迅全集》6 卷，北京：人民文學出版社，1981 年）

結緣豆

周作人

范寅《越諺》卷中〈風俗門〉云：

> 結緣，各寺廟佛生日散錢與丐，送餅與人，名此。

敦崇《燕京歲時記》有「捨緣豆」一條云：

> 四月八日，都人之好善者取青黃豆數升，宣佛號而捨之，捨畢煮熟，散之市人，謂之捨緣豆，預結來世緣也。謹按《日下舊聞考》，京師僧人唸佛號者輒以豆記其數，至四月八日佛誕生之辰，煮豆微撒以鹽，邀人於路請食之以為結緣，今尚沿其舊也。

劉玉書《常談》卷一云：

> 都南北多名剎，春夏之交，士女雲集，寺僧之青頭白面而年少者著鮮衣華屨，托朱漆盤，貯五色香花豆，蹀躞於婦女襟袖之間以獻之，名曰結緣，婦女亦多嬉取者。適一僧至少婦前奉之甚殷，婦慨然大言曰，良家婦不願與寺僧結緣。左右皆失笑，群婦赧然縮手而退。

就上邊所引的話看來，這結緣的風俗在南北都有，雖然情形略有不同。小時候在會稽家中常吃到很小的小燒餅，說是結緣分來的，范

嘯風所説的餅就是這個。這種小燒餅與「洞裏火燒」的燒餅不同，大約直徑一寸高約五分，餡用椒鹽，以小皋步的為最有名，平常二文錢一個，底有兩個窟窿，結緣用的只有一孔，還要小得多，恐怕還不到一文錢吧。北京用豆，再加上唸佛，覺得很有意思，不過二十年來不曾見過有人拿了鹽煮豆沿路邀吃，也不聽説浴佛日寺廟中有此種情事，或者現已廢止亦未可知，至於小燒餅如何，則我因離鄉裏已久不能知道，據我推想或尚在分送，蓋主其事者多係老太婆們，而老太婆者乃是天下之最有閒而富於保守性者也。

結緣的意義何在？大約是從佛教進來以後，中國人很看重緣，有時候還至於説得很有點神秘，幾乎近於命數。如俗語云，有緣千里來相會，無緣對面不相逢，又小説中狐鬼往來，末了必云緣盡矣，乃去。敦禮臣所云預結來世緣，即是此意。其實説得淺淡一點，或更有意思，例如唐伯虎之三笑，才是很好的緣，不必於冥冥中去找紅繩縛腳也。我很喜歡佛教裏的兩個字，曰業曰緣，覺得頗能説明人世間的許多事情，彷彿與遺傳及環境相似，卻更帶一點兒詩意。日本無名氏詩句云：「蟲呵蟲呵，難道你叫着，業便會盡了麼？」這業的觀念太是冷而且沉重，我平常笑禪宗和尚那麼超脱，卻還掛念臘月二十八，覺得生死事大也不必那麼操心，可是聽見知了在樹上喳喳地叫，不禁心裏發沉，真感得這件事恐怕非是涅槃是沒有救的了。緣的意思便比較的温和得多，雖不是三笑那麼圓滿也總是有人情的，即使如庫普林在《晚間的來客》所説，偶然在路上看見一雙黑眼睛，以至夢想顛倒，究竟逃不出是春叫貓兒貓叫春的圈套，卻也還好玩些。此所以人家雖怕造業而不惜作緣歟？若結緣者又買燒餅煮黃豆，逢人便邀，則更十分積極矣，我覺得很有興趣者蓋以此故也。

為什麼這樣的要結緣的呢？我想，這或者由於不安於孤寂的緣故吧。富貴子嗣是大眾的願望，不過這都有地方可以去求，如財神送子娘娘等處，然而此外還有一種苦痛卻無法解除，即是上文所說的人生的孤寂。孔子曾說過，鳥獸不可與同群，吾非斯人之徒而誰與。人是喜群的，但他往往在人群中感到不可堪的寂寞，有如在廟會時擠在潮水般的人叢裏，特別像是一片樹葉，與一切絕緣而孤立着。唸佛號的老公公老婆婆也不會不感到，或者比平常人還要深切吧，想用什麼儀式來施行被除，列位莫笑他們這幾顆豆或小燒餅，有點近似小孩們的「辦人家」，實在卻是聖餐的麵包蒲萄酒似的一種象徵，很寄存着深重的情意呢。我們的確彼此太缺少緣分，假如可能實有多結之必要，因此我對於那些好善者着實同情，而且大有加入的意思，雖然青頭白面的和尚我與劉青園同樣的討厭，覺得不必與他們去結緣，而朱漆盤中的五色香花豆蓋亦本來不是獻給我輩者也。

我現在去唸佛拈豆，這自然是可以不必了，姑且以小文章代之耳。我寫文章，平常自己懷疑，這是為什麼的：為公乎，為私乎？一時也有點說不上來。錢振鍠《名山小言》卷七有一節云：

> 文章有為我兼愛之不同。為我者只取我自家明白，雖無
> 第二人解，亦何傷哉，老子古簡，莊生詭誕，皆是也。兼愛者
> 必使我一人之心共喻於天下，語不盡不止，孟子詳明，墨子重
> 複，是也。《論語》多弟子所記，故語意亦簡，孔子誨人不倦，
> 其語必不止此。或怪孔明文采不豔而過於丁寧周至，陳壽以為
> 亮所與言盡眾人凡士云云，要之皆文之近於兼愛者也。詩亦有
> 之，王孟閒適，意取含蓄，樂天諷諭，不妨盡言。

這一節話說得很好，可是想拿來應用卻不很容易，我自己寫文章是屬於那一派的呢？說兼愛固然夠不上，為我也未必然，似乎這裏有點兒纏夾，而結緣的豆乃彷彿似之，豈不奇哉。寫文章本來是為自己，但他同時要一個看的對手，這就不能完全與人無關係，蓋寫文章即是不甘寂寞，無論怎樣寫得難懂意識裏也總期待有第二人讀，不過對於他沒有過大的要求，即不必要他來做嘍囉而已。煮豆微撒以鹽而給人吃之，豈必要索厚償，來生以百豆報我，但只願有此微末情分，相見時好生看待，不至悵悵來去耳。古人往矣，身後名亦復何足道，唯留存二三佳作，使今人讀之欣然有同感，斯已足矣，今人之所能留贈後人者亦止此，此均是豆也。幾顆豆豆，吃過忘記未為不可，能略為記得，無論轉化作何形狀，都是好的，我想這恐怕是文藝的一點效力，他只是結點緣罷了。我卻覺得很是滿足，此外不能有所希求，而且過此也就有點不大妥當，假如想以文藝為手段去達別的目的，那又是和尚之流矣，夫求女人的愛亦自有道，何為捨正路而不由，乃托一盤豆以圖之，此則深為不佞所不能贊同者耳。廿五年九月八日，在北平。

（選自《瓜豆集》，上海：宇宙風社，1937 年）

緣日

周作人

　　到了夏天，時常想起東京的夜店。己酉庚戌之際，家住本鄉的西片町，晚間多往大學前一帶散步，那裏每天都有夜店，但是在緣日特別熱鬧，想起來那正是每月初八本鄉四丁目的藥師如來吧。緣日意云有緣之日，是諸神佛的誕日或成道示現之日，每月在這一天寺院裏舉行儀式，有許多人來參拜，同時便有各種商人都來擺攤營業，自飲食用具，花草玩物，以至戲法雜耍，無不具備，頗似北京的廟會。不過廟會雖在寺院內，似乎已經全是市集的性質，又只以白天為限，緣日則晚間更為繁盛，又還算是宗教的行事，根本上就有點不同了。若月紫蘭著《東京年中行事》卷上有〈緣日〉一則，前半云：

　　　　東京市中每日必在什麼地方有毗沙門，或藥師，或稻荷樣等等的祭祀。這便是緣日，晚間只要天氣好，就有各色的什麼飲食店，粗點心店，舊傢俱店，玩物店，以及種種家庭用具店，在那寺院境內及其附近，不知有多少家，接連的排着，開起所謂露店來，其中最有意思的大概要算是草花店吧。將各樣應節的花木拿來擺着，討着無法無天的價目，等候壽頭來上鉤。他們所討的既是無法無天的價目，所以買客也總是五分之一或十分之一的亂七八糟的還價。其中也有說豈有此理，拒絕不理的，但是假如看去這並不是鬧了玩的，賣花的也等到差不多適當的價錢就賣給客人了。

寺門靜軒著《江戶繁昌記》初編中有〈賽日〉一篇，也是寫緣日情形的，原用漢文，今抄錄一部分如下：

　　　古俚曲詞云，月之八日茅場町，大師賽詣不動樣，是可以證都中好賽為風之古。賽最盛於夏晚。各場門前街賈人爭張露肆，賣器物者皆鋪蒲席，並燒薩摩蠟燭，賈食物者必安牀閣，吊魚油燈火，陳果與蔬，燒團粉與明蕎，（案此應作魷魚），軋軋為魚鮓，沸沸煎油餈。或列百物，價皆十九錢，隨人擇取，或拈鬮合印，賭一貨賣之於數人。賣茶娘必美豔，灑水聲自清涼。炫西瓜者照紅箋燈，沽錫者張大油傘。燈籠兒（案據旁訓即酸漿）十頭一串，大通豆一囊四錢。以硝子壜盛金魚，以黑紗囊貯丹螢。近年麥湯之行，茶店大抵供湯，緣麥湯出葛湯，自葛湯出卵湯，並和以砂糖，其他殊雪紫蘇，色色異味。其際橐駝師（案即花匠）羅列盆卉種類，皆陳之於架上，鬧花鬧草，鬥奇競異，枝有屈蟠者，為氣條者，葉有間色者，有間道者。錢蒲細葉者栽之以石，石長生作穿眼者以索垂之。若作托葉衣花，若樹蘆幹挾枝。霸王樹（案即仙人掌）擁虞美人草，鳳尾蕉雜麒麟角（原注云，漢名龍牙木）。百兩金，萬年青，珊瑚翠蘭，種種殊趣。大夫之松，君子之竹，雜木駢植，蕭森成林。林下一面，野花點綴。杜榮招客，如求自鬻，女郎花（原注云，漢名敗醬）媚伴老少年。露滴淚斷腸花，風飄芳燕尾香。雞冠草皆拱立，鳳仙花自不凡。領幽光牽牛花，妝鬧色洛陽花。卷丹偏共，黃芹蔞兮。桔梗簇紫色，欲奪他家之紅，米囊花碎，散落委泥，夜落金錢往往可拾。新羅菊接扶桑花邊，見佛頭菊於曼陀羅花天竺花間。向此紅碧綿綺叢間，夾以蟲

商。宮商繳如，徵羽繹如，狗蠅黃（案和名草雲雀，金鈴子類）
唱，紡績娘和，金鐘兒聲應金琵琶，可惡為聒聒兒所奪。兩擔
籠內，幾種蟲聲，唧唧送韻，繡出武藏野當年荒涼之色，見之
於熱鬧市中之今日，真奇觀矣。

《江戶繁昌記》共有六編，悉用漢文所寫，而別有風趣，間亦
有與中國用字造句絕異之處，略改一二，余仍其舊。初篇作於天
保辛卯（一八三一），距今已一百十年，若月氏著上卷刊於明治辛
亥（一九一一），亦在今三十年前，而二書相隔蓋亦已有八十年之
久矣。比較起來，似乎八十年的前後還沒有什麼大變化，本鄉藥師
的花木大抵也是那些東西，只是多了些洋種，如鶴子花等罷了。近
三十年的變化或者更大也未可料，雖然這並沒有直接見聞，推想當
是如此，總之西洋草花該大佔了勢力了吧。

北京廟會也多花店，只可惜不大有人注意，予以記錄。《北平
風俗類徵》十三卷徵引非不繁富，可是略一翻閱，查不到什麼寫花
廠的文章，結果還只有敦禮臣所著的《燕京歲時記》，記〈東西廟〉
一則下云：

> 西廟曰護國寺，在皇城西北定府大街正西，東廟曰隆福
> 寺，在東四牌樓西馬市正北，自正月起，每逢七八日開西廟，
> 九十日開東廟。開會之日，百貨雲集，凡珠玉綾羅，衣服飲
> 食，古玩字畫，花鳥蟲魚，以及尋常日用之物，星卜雜技之
> 流，無所不有，乃都城內之一大市會也。兩廟花廠尤為雅觀，
> 夏日以茉莉為勝，秋日以桂菊為勝，冬日以水仙為勝，至於春
> 花中如牡丹海棠丁香碧桃之流，皆能於嚴冬開放，鮮豔異常，
> 洵足以巧奪天工，預支月令。

這裏雖然語焉不詳，但是慰情勝無，可以珍重。這種事情在有些人看來覺得沒有意思，或者還是玩物喪志，要為道學家所呵叱，這者我也知道，向來沒有人肯下筆記錄，豈不就是為此麼，但是我仍是相信，這都值得用心，而且還很有用處。要了解一國民的文化，特別是外國的，我覺得如單從表面去看，那是無益的事，須得着眼於其情感生活，能夠了解幾分對於自然與人生態度，這才可以稍有所得。從前我常想從文學美術去窺見一國的文化大略，結局是徒勞而無功，後始省悟，自呼愚人不止，懊悔無及，如要捲土重來，非從民俗學入手不可。古今文學美術之菁華，總是一時的少數的表現，持與現實對照，往往不獨不能疏通證明，或者反有牴牾亦未可知，如以禮儀風俗為中心，求得其自然與人生觀，更進而了解其宗教情緒，那麼這便有了六七分光，對於這國的事情可以有懂得的希望了。不佞不湊巧乃是少信的人，宗教方面無法入門，此外關於民俗卻還想知道，雖是炳燭讀書，不但是老學而且是困學，也不失為遣生之法，對於緣日的興趣亦即由此發生，寫此小文，目的與文藝不大有關係，恐難得人賜顧，亦正是當然也。廿九年六月，夏至節。

（選自《藥味集》，北京：新民印書館，1942 年）

關於雷公

周作人

　　在市上買到鄉人孫德祖的著作十種，普通稱之曰《寄龕全集》，其實都是光緒年間隨刻隨印，並沒有什麼總目和名稱。三種是在湖州做教官時的文牘課藝，三種是詩文詞，其他是筆記，即《寄龕甲志》至《丁志》各四卷，共十六卷，這是我所覺得最有興趣的一部分。寄龕的文章頗多「規模史漢及六朝駢儷之作」，我也本不大了解，但薛福成給他作序，可惜他不能默究桐城諸老的義法，不然就將寫得更好，也是很好玩的一件事。不過我比詩文更看重筆記，因為這裏邊可看的東西稍多，而且我所搜的同鄉著作中筆記這一類實在也很少。清朝的我只有俞蛟的《夢廠雜著》，汪鼎的《雨韭庵筆記》，汪瑔的《松煙小錄》與《旅譚》，施山的《姜露庵筆記》等，這《寄龕》甲乙丙丁志要算分量頂多的了。但是，我讀筆記之後總是不滿意，這回也不能是例外。我最怕讀逆婦變豬或雷擊不孝子的記事，這並不因為我是讚許忤逆，我感覺這種文章惡劣無聊，意思更是卑陋，無足取耳。冥報之說大抵如他們所說以補王法之不及，政治腐敗，福淫禍善，乃以生前死後彌縫之，此其一，而文人心地褊窄，見不愜意者即欲正兩觀之誅，或為法所不問，亦其力所不及，則以陰譴處之，聊以快意，此又其二。所求於讀書人者，直諒多聞，乃能立說著書，啟示後人，今若此豈能望其為我們的益友乎。我讀前人筆記，見多記這種事，不大喜歡，就只能拿來當作文章的資料，多有不敬的地方，實亦是不得已也。

《寄龕》甲乙丙丁志中講陰譴的地方頗多，與普通筆記無大區別，其最特別的是關於雷的紀事及説明。如《甲志》卷二有二則云：

> 庚午六月雷擊岑墟魯氏婦斃，何家溇何氏女也，性柔順，舅姑極憐之，時方孕，與小姑坐廚下，小姑覺是屋熱不可耐，趨他室取涼，才踰戶限，霹靂下而婦斃矣。皆曰，宿業也。或疑其所孕有異。既而知其幼喪母，其叔母撫之至長，已而叔父母相繼歿，遺子女各一，是嘗讚其父收叔田產而虐其子女至死者也。皆曰，是宜殛。

> 順天李小亭言，城子峪某甲事後母以孝聞，亦好行善事，中年家益裕，有子矣，忽為雷殛。皆以為雷誤擊。一鄰叟慨然曰，雷豈有誤哉，此事舍余無知之者，今不須復秘矣。

據叟所述則某甲少時曾以計推後母所生的幼弟入井中，故雷殛之於三十年後，又申明其理由云：「所以至今日而後殛之者，或其祖若父不應絕嗣，俟其有子歟，雷豈有誤哉。於是眾疑始釋，同聲稱天道不爽。」又《乙志》卷二有類似的話，雖然不是雷打：

> 潛説友《咸淳臨安志》云，錢塘潮八月十八日臨安民俗大半出觀。紹興十年秋……潮至洶湧異常，橋壞壓溺死數百人，既而死者家來號泣收斂，道路指言其人盡平日不逞輩也。同治中甬江浮橋亦覩此變。橋以鐵索連巨舶為之，維繫鞏固，往來者日千萬人，視猶莊逵焉。其年四月望郡人賽五都神會，赴江東當過橋。行人及止橋上觀者不啻千餘，橋忽中斷，巨舶或漂失或傾覆，死者強半。……徐柳泉師為餘言，是為夷粵燹後一小劫，倖免刀兵而卒罹此厄，雖未徧識其人，然所知中稱自好者固未有與焉。印之潛氏所記，可知天道不爽。

又《丙志》卷二記錢西箴述廣州風災火災，其第二則有云：

> 學使署有韓文公祠，在儀門之外，大門之內，歲以六月
> 演劇祠中。道光中劇場災，死者數千人。得脫者僅三人，其一
> 為優伶，方戴面具跳魁罡，從面具眼孔中窺見滿場坐客皆有鐵
> 索連鎖其足，知必有大變，因托疾而出。一為妓女，正坐對起
> 火處，遙見板隙火光熒然，思避之而坐在最上層，紆回而下恐
> 不及。近坐有捷徑隔欄杆不可越，適有賣瓜子者在欄外，急呼
> 之，告以腹痛欲絕，倩負之歸，謝不能，則卸一金腕欄畀之
> 曰，以買余命，隔欄飛上其肩，促其疾奔而出，賣瓜子者亦因
> 之得脫。」

孫君又論之曰：

> 三人之得脫乃倡優居其二，以優人所見鐵索連鎖，知冥
> 冥中必有主之者，豈數千人者皆有夙業，故繫之使不得去歟。
> 優既不在此數，遂使之窺見此異，而坐下火光亦獨一不在此數
> 之妓女見之，又適有不在此數之賣瓜子者引緣而同出於難。異
> 哉。然之三人者必有可以不死之道在，有知之者云，賣瓜子者
> 事孀母孝，則餘二人雖賤，其必有大善亦可以類推而知。

我不憚煩地抄錄這些話，是很有理由的，因為這可以算是代表
的陰騭說也。這裏所說不但是冥冥中必有主之者，而且天道不爽，
雷或是火風都是決無誤的，所以死者一定是該死，即使當初大家看
他是好人，死後也總必發見什麼隱惡，證明是宜殛，翻過來說，不
死者也必有可以不死之道在，必有大善無疑。這種歪曲的論法全無

是非之心，說得迂遠一點，這於人心世道實在很有妨害，我很不喜歡低級的報應說的緣故一部分即在於此。王應奎的《柳南隨筆》卷三有一則云：

> 人懷不良之心者俗諺輒曰黑心當被雷擊，而蠶豆花開時聞雷則不實，亦以花心黑也。此固天地間不可解之理，然以物例人，乃知諺語非妄，人可不知所懼哉。

尤其說得離奇，這在民俗學上固不失為最為珍奇的一條資料，若是讀書人著書立說，將以信今傳後，而所言如此，豈不可長太息乎。

陰譴說——我們姑且以雷殛惡人當作代表，何以在筆記書中那麼猖獗，這是極重要也極有趣的問題，雖然不容易解決。中國文人當然是儒家，不知什麼時候幾乎全然沙門教（不是佛教）化了，方士思想的侵入原也早有，但是現今這種情形我想還是近五百年的事，即如《陰騭文》、《感應篇》的發達正在明朝，筆記裏也是明清最利害的講報應，以前總還是好一點。查《太平御覽》卷十三雷與霹靂下，自《列女後傳》李叔卿事後有《異苑》等數條，說雷擊惡人事，《太平廣記》卷三九三以下三卷均說雷，其第一條亦是李叔卿事，題云《列女傳》，故此類記事可知自晉已有，但似不如後代之多而詳備。又《論衡》卷六《雷虛篇》云：

> 盛夏之時，雷電迅疾，擊折樹木，壞敗屋室，時犯殺人。世俗以為擊折樹木壞敗屋室者天取龍，其犯殺人也謂之陰過。飲食人以不潔淨，天怒擊而殺之，隆隆之聲，天怒之音，若人之呴吁矣。世無愚智莫謂不然，推人道以論之，虛妄之言也。

又云：

> 圖畫之工，圖雷之狀累累如連鼓之形，又圖一人若力士之容，謂之雷公，使之左手引連鼓，右手推椎若擊之狀。其意以為雷聲隆隆者，連鼓相扣擊之音也，其魄然若敝裂者，椎所擊之聲也，其殺人也引連鼓相椎並擊之矣。世又信之，莫謂不然，如復原之，虛妄之象也。

由此可見人有陰過被雷擊死之說在後漢時已很通行，不過所謂陰過到底是些什麼就不大清楚了，難道只是以不潔食人這一項麼。這裏我們可以注意的是王仲任老先生他自己便壓根兒都不相信，他說：

> 建武四年夏六月雷擊殺會稽鄞專日食（案此四字不可解，《太平御覽》引作鄞縣二字）羊五頭皆死，夫羊何陰過而天殺之。

《御覽》引桓譚《新論》有云：

> 天下有鸛鳥，郡國皆食之，三輔俗獨不敢取之，取或雷霹靂起。原夫天不獨左彼而右此，其殺取時適與雷遇耳。

意見亦相似。王桓二君去今且千九百年矣，而有此等卓識，我們豈能愛今人而薄古人哉。王仲任又不相信雷公的那形狀，他說：

> 鐘鼓無所懸着，雷公之足無所蹈履，安得而為雷。……雷公頭不懸於天，足不蹈於地，安能為雷公。飛者皆有翼，物無翼而飛謂之仙人，畫仙人之形為之作翼，如雷公與仙人同，宜復着翼。使雷公不飛，圖雷家言其飛，非也，使實飛，不為着翼，又非也。

這條唯理論者的駁議似乎被採納了，後來畫雷公的多給他加上了兩扇大肉翅，明謝在杭在《五雜組》卷一中云：

> 雷之形人常有見之者，大約似雌雞，肉翅，其響乃兩翅奮撲聲也。

謝生在王後至少相隔一千五百年了，而確信雷公形如母雞，令人想起《封神傳》上所畫的雷震子。《鄉言解頤》五卷，甕齋老人著，但知是寶坻縣人姓李，有道光己酉序，卷一《天部》第九篇曰〈雷〉，文頗佳：

> 《易‧說卦》，震為雷為長子。鄉人雷公爺之稱或原於此乎。然雷公之名其來久矣。《素問》，黃帝坐明堂召雷公而問之曰，子知醫道乎？對曰，誦而頗能解，解而未能別，別而未能明，明而未能彰。又藥中有雷丸雷矢也。梨園中演劇，雷公狀如力士，左手引連鼓，右手推椎若擊之狀。《國史補》，雷州春夏多雷，雷公秋冬則伏地中，人取而食之，其狀類彘。其曰雷聞百里，則本乎震驚百里也。曰雷擊三世，見諸說部者甚多。《左傳》曰，震電馮怒，又曰，畏之如雷霆。故發怒申飭人者曰雷，受之者遂曰被他雷了一頓。晉顧愷之憑重桓溫，溫死，人問哭狀，曰，聲如震雷破山，淚如傾河注海。故見小孩子號哭無淚者曰乾打雷不下雨。曰打頭雷，仲春之月雷乃發聲也。曰收雷了，仲秋之月雷始收聲也。宴會中有雷令，手中握錢，第一猜著者曰劈雷，自己落實者曰悶雷。至於鄉人聞小考之信則曰，又要雷同了，不知作何解。

我所見中國書中講雷的，要算這篇小文最是有風趣了。

這裏我連帶地想起的是日本的關於雷公的事情。民間有一句俗語云，地震打雷火災老人家。意思是說頂可怕的四樣東西，可見他們也是很怕雷的，可是不知怎的對於雷公毫不尊敬，正如並不崇祀火神一樣。我查日本的類書就沒有看見雷擊不孝子這類的紀事，雖然史上不乏有人被雷震死，都只當作一種天災，有如現時的觸電，不去附會上道德的意義。在文學美術上雷公卻時時出現，可是不大莊嚴，或者反多有喜劇色彩。十四世紀的「狂言」裏便有一篇〈雷公〉，說他從天上失足跌下來，閃壞了腰，動彈不得，請一位過路的庸醫打了幾針，大驚小怪的叫痛不迭，總算醫好了，才能飛回天上去。民間畫的「大津繪」裏也有雷公的畫，圓眼獠牙，頂有雙角，腰裏虎皮，正是鬼（oni，惡鬼，非鬼魂）一般的模樣，伏身雲上，放下一條長繩來，掛着鐵錨似的鈎，去撈那浮在海水上的一個雷鼓。有名的滑稽小說《東海道中膝栗毛》（膝栗毛意即徒步旅行）後編下記老年朝山進香人的自述，雷公跌壞了在他家裏養病，就做了他的女婿，後來一去不返，有雷公朋友來說，又跌到海裏去被鯨魚整個地吞下去了。我們推想這大約是一位假雷公，但由此可知民間講雷公的笑話本來很多，而做女婿乃是其中最好玩的資料之一，據說還有這種春畫，實在可以說是大不敬了。這樣的灑脫之趣我最喜歡，因為這裏有活力與生意。可惜中國缺少這種精神，只有《太平廣記》載狄仁傑事，（《五雜組》亦轉錄），雷公為樹所夾，但是救了他有好處，也就成為報應故事了。日本國民更多宗教情緒，而對於雷公多所狎侮，實在卻更有親近之感。中國人重實際的功利，宗教心很淡薄，本來也是一種特點，可是關於水火風雷都充滿那些恐怖，所有記載與說明又都那麼慘酷刻薄，正是一種病態心理，即可見精神之不健全。哈理孫女士論希臘神話有云：

這是希臘的美術家與詩人的職務，來洗除宗教中的恐怖分子。這是我們對於希臘神話作者的最大的負債。

日本庶幾有希臘的流風餘韻，中國文人則專務創造出野蠻的新的戰慄來，使人心愈益麻木痿縮，豈不哀哉。

廿五年五月

（選自《瓜豆集》，上海：宇宙風社，1937 年）

日本的衣食住

周作人

我留學日本還在民國以前，只在東京住了六年，所以對於文化云云夠不上說什麼認識，不過這總是一個第二故鄉，有時想到或是談及，覺得對於一部分的日本生活很有一種愛着。這裏邊恐怕有好些原因，重要的大約有兩個，其一是個人的性分，其二可以說是思古之幽情罷。我是生長於東南水鄉的人，那裏民生寒苦，冬天屋內沒有火氣，冷風可以直吹進被窩來，吃的通年不是很鹹的醃菜也是很鹹的醃魚，有了這種訓練去過東京的下宿生活，自然是不會不合適的。我那時又是民族革命的一信徒，凡民族主義必含有復古思想在裏邊，我們反對清朝，覺得清以前或元以前的差不多都好，何況更早的東西。聽說夏穗卿錢念劬兩位先生在東京街上走路，看見店舖招牌的某文句或某字體，常指點讚歎，謂猶存唐代遺風，非現今中國所有。岡千仞著《觀光紀遊》中亦紀楊惺吾回國後事云：

> 惺吾雜陳在東所獲古寫經，把玩不置曰，此猶晉時筆法，宋元以下無此真致。

這種意思在那時大抵是很普通的。我們在日本的感覺，一半是異域，一半卻是古昔，而這古昔乃是健全地活在異域的，所以不是夢幻似地空假，而亦與高麗安南的優孟衣冠不相同也。

日本生活中多保存中國古俗，中國人好自大者反訕笑之，可謂不察之甚。《觀光紀遊》卷二《蘇杭遊記》上，記明治甲申（一八八四）六月二十六日事云：

> 晚與楊君赴陳松泉之邀，會者為陸雲孫，汪少符，文小坡。楊君每談日東一事，滿坐哄然，余不解華語，癡坐其旁。因以為我俗席地而坐，食無案桌，寢無臥牀，服無衣裳之別，婦女涅齒，帶廣，蔽腰圍等，皆為外人所訝者，而中人辮髮垂地，嗜毒煙甚食色，婦女約足，人家不設廁，街巷不容車馬，皆不免陋者，未可以內笑外，以彼非此。

岡氏言雖未免有悻悻之氣，實際上卻是說得很對的。以我淺陋所知，中國人紀述日本風俗最有理解的要算黃公度，《日本雜事詩》二卷成於光緒五年己卯，已是五十七年前了，詩也只是尋常，注很詳細，更難得的是意見明達。卷下關於房屋的注云：

> 室皆離地尺許，以木為板，藉以莞席，入室則脫屨戶外，襪而登席。無門戶窗牖，以紙為屏，下承以槽，隨意開闔，四面皆然，宜夏而不宜冬也。室中必有閣以庋物，有牀笫以列器皿陳書畫。（室中留席地，以半掩以紙屏，架為小閣，以半懸掛玩器，則緣古人牀笫之制而亦仍其名。）楹柱皆以木而不雕漆，晝常掩門而夜不扃鑰。寢處無定所，展屏風，張帳幙，則就寢矣。每日必灑掃拂拭，潔無纖塵。

又一則云：

坐起皆席地，兩膝據地，伸腰危坐，而以足承尻後，若跗坐，若蹲踞，若箕踞，皆為不恭。坐必設褥，敬客之禮有敷數重席者。有君命則設几，使者宣詔畢，亦就地坐矣。皆古禮也。因考《漢書‧賈誼傳》，文帝不覺膝之前於席。《三國志‧管寧傳》，坐不箕股，當膝處皆穿。《後漢書》，向栩坐板，坐積久板乃有膝踝足指之處。朱子又云，今成都學所存文翁禮殿刻石諸像，皆膝地危坐，兩踝隱然見於坐後帷裳之下。今觀之東人，知古人常坐皆如此。（《日本國志》成於八年後丁亥，所記稍詳略有不同，今不重引。）

這種日本式的房屋我覺得很喜歡。這卻並不由於好古，上文所說的那種坐法實在有點弄不來，我只能胡坐，即不正式的跗跏，若要像管寧那樣，則無論敷了幾重席也坐不到十分鐘就兩腳麻痺了。我喜歡的還是那房子的適用，特別便於簡易生活。《雜事詩》注已說明屋內鋪席，其制編稻草為台，厚可二寸許，蒙草席於上，兩側加麻布黑緣，每席長六尺寬三尺，室之大小以席計數，自兩席以至百席，而最普通者則為三席，四席半，六席，八席，學生所居以四席半為多。戶窗取明者用格子糊以薄紙，名曰障子，可稱紙窗，其他則兩面裱暗色厚紙，用以間隔，名曰唐紙，可云紙屏耳。閣原名戶棚，即壁廚，分上下層，可分貯被褥及衣箱雜物。牀笫原名「牀之間」，即壁龕而大，下宿不設此，學生租民房時可利用此地堆積書報，幾乎平白地多出一席地也。四席半一室面積才八十一方尺，比維摩斗室還小十分之二，四壁蕭然，下宿只供給一副茶具，自己買一張小几放在窗下。再有兩三個坐褥，便可安住。會在几前讀書寫字，前後左右凡有空地都可安放書卷紙張，等於一大書桌，客來遍地可坐，客六七人不算擁擠，倦時隨便臥倒，不必另備沙發，深

夜從壁廚取被攤開，又便即正式睡覺了。昔時常見日本學生移居，車上載行李只鋪蓋衣包小几或加書箱，自己手拿玻璃洋油燈在車後走而已。中國公寓住室多在方丈以上，而板牀桌椅箱架之外無多餘地，令人感到侷促，無安閒之趣。大抵中國房屋與西洋的相同都是宜於華麗而不宜於簡陋，一間房子造成，還是行百里者半九十，非是有相當的器具陳設不能算完成，日本則土木功畢，鋪席糊窗，即可居住，別無一點不足，而且還覺得清疏有致。從前在日本旅行，在吉松高鍋等山村住宿，坐在旅館的樸素的一室內憑窗看山，或着浴衣躺席上，要一壺茶來吃，這比向來住過的好些洋式中國式的旅舍都要覺得舒服，簡單而省費。這樣房屋自然也有缺點，如《雜事詩》注所云宜夏而不宜冬，其次是容易引火，還有或者不大謹慎，因為槽上拉動的板窗木戶易於偷啟，而且內無肩鑰，賊一入門便可各處自在游行也。

關於衣服《雜事詩》注只講到女子的一部分，卷二云：

> 宮裝皆披髮垂肩，民家多古裝束，七八歲時丫髻雙垂，尤為可人。長，耳不環，手不釧，髻不花，足不弓鞋，皆以紅珊瑚為簪。出則攜蝙蝠傘。頻寬咫尺，圍腰二三匝，復倒捲而直垂之，若繼負者。衣袖尺許，襟廣微露胸，肩脊亦不盡掩，傅粉如面然，殆《三國志》所謂丹朱坌身者耶。

又云：

> 女子亦不着褲，裏有圍裙，《禮》所謂中單，《漢書》所謂中裙，深藏不見足，舞者迴旋偶一露耳。五部洲唯日本不着褲，聞者驚怪。今按《說文》，袴，脛衣也。《逸雅》，袴，兩

股各跨別也。袴即今制，三代前固無。張萱《疑曜》曰，袴即褲，古人皆無襠，有襠起自漢昭帝時上官宮人。考《漢書・上官後傳》，宮人使令皆為窮袴。服虔曰，窮袴前後有襠，不得交通。是為有襠之袴所緣起。唯《史記》敘屠岸賈有置其袴中語，《戰國策》亦稱韓昭侯有敝袴，則似春秋戰國既有之，然或者尚無襠耶。

這個問題其實本很簡單。日本上古有袴，與中國西洋相同，後受唐代文化衣冠改革，由筒管袴而轉為燈籠袴，終乃袴腳益大，袴襠漸低，今禮服之「袴」已幾乎是裙了。平常着袴，故裏衣中不復有袴類的東西，男子但用犢鼻褌，女子用圍裙，就已行了，迨後民間平時可以衣而不裳，遂不復着，但用作乙種禮服，學生如上學或訪老師則和服之上必須着袴也。現今所謂和服實即古時之所謂「小袖」，袖本小而底圓，今則甚深廣，有如口袋，可以容手巾箋紙等，與中國和尚所穿的相似，西人稱之曰 Kimono，原語云「着物」，實只是衣服總稱耳。日本衣裳之制大抵根據中國而逐漸有所變革，乃成今狀，蓋與其房屋起居最適合，若以今和服住洋房中，或以華服住日本房，亦不甚適也。《雜事詩》注又有一則關於鞋襪的云：

> 襪前分歧為二靫，一靫容拇指，一靫容眾指。屐有如丌字者，兩齒甚高，又有作反凹者。織蒲為苴，皆無牆有樑，樑作人字，以布緶或紉蒲繫於頭，必兩指間夾持用力乃能行，故襪分作兩歧。考《南史・虞玩之傳》，一屐着三十年，莫斷以芒接之。古樂府，黃桑柘屐蒲子履，中央有絲兩頭繫。知古制正如此也，附注於此。

這個木屐也是我所喜歡着的，我覺得比廣東用皮條絡住腳背的還要好，因為這似乎更着力可以走路。黃君說必兩指間夾持用力乃能行，這大約是沒有穿慣，或者因中國男子多裹腳，腳指互疊不能銜樑，銜亦無力，所以覺得不容易，其實是套自然着力，用不着什麼夾持的。去年夏間我往東京去，特地到大震災時沒有毀壞的本鄉去寄寓，晚上穿了和服木屐，曳杖，往帝國大學前面一帶去散步，看看舊書店和地攤，很是自在，若是穿着洋服就覺得拘束，特別是那麼大熱天。不過我們所能穿的也只是普通的「下駄」，即所謂反凹字形狀的一種，此外名稱「日和下駄」底作兀字形而不很高者從前學生時代也曾穿過，至於那兩齒甚高的「足駄」那就不敢請教了。在民國以前，東京的道路不很好，也頗有雨天變醬缸之概，足駄是雨具中的要品，現代卻可以不需，不穿皮鞋的人只要有日和下駄就可應付，而且在實際上連這也少見了。

《雜事詩》注關於食物說的最少，其一云：

多食生冷，喜食魚，轟而切之，便下箸矣，火熟之物亦喜寒食。尋常茶飯，蘿蔔竹筍而外，無長物也。近仿歐羅巴食法，或用牛羊。

又云：

自天武四年因浮屠教禁食獸肉，非餌病不許食。賣獸肉者隱其名曰藥食，復曰山鯨。所懸望子，畫牡丹者豕肉也，畫丹楓落葉者鹿肉也。

講到日本的食物，第一感到驚奇的事的確是獸肉的稀少。二十多年前我還在三田地方看見過山鯨（這是野豬的別號）的招牌，畫牡丹楓葉的卻已不見。雖然近時仿歐羅巴法，但肉食不能説很盛，不過已不如從前以獸肉為穢物禁而不食，肉店也在「江都八百八街」到處開着罷了。平常鳥獸的肉只是豬牛與雞，羊肉簡直沒處買，鵝鴨也極不常見。平民的下飯的菜到現在仍舊還是蔬菜以及魚介。中國學生初到日本，吃到日本飯菜那麼清淡，枯槁，沒有油水，一定大驚大恨，特別是在下宿或分租房間的地方。這是大可原諒的，但是我自己卻不以為苦，還覺得這有別一種風趣。吾鄉窮苦，人民努力日吃三頓飯，唯以醃菜臭豆腐螺螄為菜，故不怕鹹與臭，亦不嗜油若命，到日本去吃無論什麼都不大成問題。有些東西可以與故鄉的什麼相比，有些又即是中國某處的什麼，這樣一想就很有意思。如味噌汁與乾菜湯，金山寺味噌與豆板醬，福神漬與醬咯噠，牛蒡獨活與蘆筍，鹽鮭與勒鯗，皆相似的食物也。又如大德寺納豆即鹹豆豉，澤庵漬即福建的黃土蘿蔔，蒟蒻即四川的黑豆腐，刺身即廣東的魚生，壽司（《雜事詩》作壽志）即古昔的魚鮓，其製法見於《齊民要術》，此其間又含有文化交通的歷史，不但可吃，也更可思索。家庭宴集自較豐盛，但其清淡則如故，亦仍以菜蔬魚介為主，雞豚在所不廢，唯多用其瘦者，故亦不油膩也。近時社會上亦流行中國及西洋菜，試食之則並不佳，即有名大店亦如此，蓋以日東手法調理西餐（日本昔時亦稱中國為西方）難得恰好，唯在赤坂一家云「茜」者吃中餐極佳，其廚師乃來自北平云。日本食物之又一特色為冷，確如《雜事詩》注所言。下宿供膳尚用熱飯，人家則大抵只煮早飯，家人之為官吏教員公司職員工匠學生者皆裹飯而出，名曰「便當」，匣中盛飯，別一格盛菜，上者

有魚，否則梅乾一二而已。傍晚歸來，再煮晚飯，但中人以下之家便吃早晨所餘，冬夜苦寒，乃以熱苦茶淘之。中國人慣食火熱的東西，有海軍同學昔日為京官，吃飯恨不熱，取飯鍋置坐右，由鍋到碗，由碗到口，迅疾如暴風雨，乃始快意，此固是極端，卻亦是一好例。總之對於食物中國大概喜熱惡冷，所以留學生看了「便當」恐怕無不頭痛的。不過我覺得這也很好，不但是故鄉有吃「冷飯頭」的習慣，說得迂腐一點，也是人生的一點小訓練。希望人人都有「吐斯」當晚點心，人人都有小汽車坐，固然是久遠的理想，但是目前似乎刻苦的訓練也是必要。日本因其工商業之發展，都會文化漸以增進，享受方面也自然提高，不過這只是表面的一部分，普通的生活還是很刻苦，此不必一定是吃冷飯，然亦不妨說是其一。中國平民生活之苦已甚矣，我所說的乃是中流的知識階級應當學點吃苦，至少也不要太講享受。享受並不限於吃「吐斯」之類，抽大煙娶姨太太打麻將是中流享樂思想的表現，此一種病真真不知道如何才救得過來，上文云云只是姑妄言之耳。

六月九日《大公報》上登載梁實秋先生的一篇論文，題曰〈自信力與誇大狂〉，我讀了很是佩服，有關於中國的衣食住的幾句話可以引用在這裏。梁先生說中國文化裏也有一部分是優於西洋者，解說道：

> 我覺得可說的太少，也許是從前很多，現在變少了。我想來想去只覺得中國的菜比外國的好吃，中國的長袍布鞋比外國的舒適，中國的宮室園林比外國的雅麗，此外我實在想不出有什麼優於西洋的東西。

梁先生的意思似乎重在消極方面，我們卻不妨當作正面來看，說中國的衣食住都有些可取的地方。本來衣食住三者是生活中最重要的部分，因其習慣與便利，發生愛好的感情，轉而成為優劣的辨別，所以這裏邊很存着主觀的成分，實在這也只能如此，要想找一根絕對平直的尺度來較量蓋幾乎是不可能的。固然也可以有人說，「因為西洋人吃雞蛋，所以兄弟也吃雞蛋。」不過在該吃之外還有好吃問題，恐怕在這一點上未必能與西洋人一定合致，那麼這吃雞蛋的兄弟對於雞蛋也只有信而未至於愛耳。因此，改革一種生活方式很是煩難，而欲了解別種生活方式亦不是容易的事。有的事情在事實並不怎麼愉快，在道理上顯然看出是荒謬的，如男子拖辮，女人纏足，似乎應該不難解決了，可是也並不如此，民國成立已將四半世紀了，而辮髮未絕跡於村市，士大夫中愛賞金蓮步者亦不乏其人，他可知矣。谷崎潤一郎近日刊行《攝陽隨筆》，卷首有〈陰翳禮讚〉一篇，其中說漆碗盛味噌汁（以醬汁作湯，蔬類作料，如茄子蘿蔔海帶，或用豆腐）的意義，頗多妙解，至悉歸其故於有色人種，以為在愛好上與白色人種異其趣，雖未免稍多宿命觀的色彩，大體卻說得很有意思。中日同是黃色的蒙古人種，日本文化古來又取資中土，然而其結果乃或同或異，唐時不取太監，宋時不取纏足，明時不取八股，清時不取雅片，又何以嗜好迥殊耶。我這樣說似更有陰沉的宿命觀，但我固深欽日本之善於別擇，一面卻亦仍夢想中國能於將來蕩滌此諸染污，蓋此不比衣食住是基本的生活，或者其改變尚不至於絕難歟。

我對於日本文化既所知極淺，今又欲談衣食住等的難問題，其不能說得不錯，蓋可知也。幸而我預先聲明，這全是主觀的，回憶與印象的一種雜談，不足以知日本真的事情，只足以見我個人的意

見耳。大抵非自己所有者不能深知，我尚能知故鄉的民間生活，因此亦能於日本生活中由其近似而得理會，其所不知者當然甚多，若所知者非其真相而只是我的解說，那也必所在多有而無可免者也。日本與中國在文化的關係上本猶羅馬之與希臘，及今乃成為東方之德法，在今日而談日本的生活，不撒有「國難」的香料，不知有何人要看否，我亦自己懷疑。但是，我仔細思量日本今昔的生活，現在日本「非常時」的行動，我仍明確地看明白日本與中國畢竟同是亞細亞人，興衰禍福目前雖是不同，究竟的命運還是一致，亞細亞人豈終將淪於劣種乎，念之惘然。因談衣食住而結論至此，實在乃真是漆黑的宿命論也。

廿四年六月廿一日，在北平

（選自《苦竹雜記》，長沙：嶽麓書社，1987 年）

日本的文化生活

郁達夫

　　無論那一個中國人，初到日本的幾個月中間，最感覺到苦痛的，當是飲食起居的不便。

　　房子是那麼矮小的，睡覺是在鋪地的席子上睡的，擺在四腳高盤裏的菜蔬，不是一塊燒魚，就是幾塊同木片似的牛蒡。這是二三十年前，我們初去日本唸書時的大概情形；大地震以後，都市西洋化了，建築物當然改了舊觀，飲食起居，和從前自然也是兩樣，可是在飲食浪費過度的中國人的眼裏，總覺得日本的一般國民生活，遠沒有中國那麼的舒適。

　　但是住得再久長一點，把初步的那些困難克服了以後，感覺就馬上會大變起來；在中國社會裏無論到什麼地方去也得不到的那一種安穩之感，會使你把現實的物質上的痛苦忘掉，精神抖擻，心氣和平，拼命的只想去搜求些足使智識開展的食糧。

　　若再在日本久住下去，滯留年限，到了三五年以上，則這島國的粗茶淡飯，變得件件都足懷戀；生活的刻苦，山水的秀麗，精神的飽滿，秩序的整然，回想起來，真覺得在那兒過的，是一段蓬萊島上的仙境裏的生涯，中國的社會，簡直是一種亂雜無章，盲目的土撥鼠式的社會。

記得有一年在上海生病，忽而想起了學生時代在日本吃過的早餐醬湯的風味；教醫院廚子去做來吃，做了幾次，總做不像，後來終於上一位日本友人的家裏去要了些來，從此胃口就日漸開了；這雖是我個人的生活的一端，但也可以看出日本的那一種簡易生活的耐人尋味的地方。

　　而且正因為日本一般的國民生活是這麼刻苦的結果，所以上下民眾，都只向振作的一方面去精進。明治維新，到現在不過七八十年，而整個國家的進步，卻盡可以和有千餘年文化在後的英法德意比比；生於憂患，死於逸樂，這話確是中日兩國一盛一衰的病源脈案。

　　刻苦精進，原是日本一般國民生活的傾向，但是另一面哩，大和民族，卻也並不是不曉得享樂的野蠻原人。不過他們的享樂，他們的文化生活，不喜鋪張，無傷大體；能在清淡中出奇趣，簡易裏寓深意，春花秋月，近水遙山，得天地自然之氣獨多，這，一半雖則也是奇山異水很多的日本地勢使然，但一大半卻也可以說是他們那些島國民族的天性。

　　先以他們的文學來說罷，最精粹最特殊的古代文學，當然是三十一字母的和歌。寫男女的戀情，寫思婦怨男的哀慕，或寫家園的興亡，人生的流轉，以及世事的無常，風花雪月的迷人等等，只有清清淡淡，疏疏落落的幾句，就把乾坤今古的一切情感都包括得纖屑不遺了。至於後來興起的俳句哩，又專以情韻取長，字句更少——只十七字母——而餘韻餘情，卻似空中的柳浪，池上的微波，不知所自始，也不知其所終，飄飄忽忽，嫋嫋婷婷；短短的一句，你若細嚼反芻起來，會經年累月的使你如吃橄欖，愈吃愈

有回味。最近有一位俳諧師高濱虛子，曾去歐洲試了一次俳句的行腳，從他的記行文字看來，到處只以和服草履作橫行的這一位俳人，在異國的大都會，如倫敦、柏林等處，卻也遇見了不少的熱心作俳句的歐洲男女。他回國之後，且更聞有西歐數處在計劃着出俳句的雜誌。

其次，且看看他們的舞樂看！樂器的簡單，會使你回想到中國從前唱「南風之薰矣」的上古時代去。一棹七弦或三弦琴，撥起來聲音也並不響亮；再配上一個小鼓——是專配三弦琴的，如能樂，歌舞伎，淨琉璃等演出的時候——同鳳陽花鼓似的一個小鼓，敲起來，也只是冬冬地一種單調的鳴聲。但是當能樂演到半酣，或淨琉璃唱到吃緊，歌舞伎舞至極頂的關頭，你眼看着台上面那種舒徐緩緩的舞態——日本舞的動作並不複雜，並無急調——耳神經聽到幾聲琤琤琤與冬冬篤拍的聲音，卻自然而然的會得精神振作，全身被樂劇場面的情節吸引過去。以單純取長，以清淡制勝的原理，你只教到日本的上等能樂舞台或歌舞伎座去一看，就可以體會得到。將這些來和西班牙舞的銅琶鐵板，或中國戲的響鼓十番一比，覺得同是精神的娛樂，又何苦嘈嘈雜雜，鬧得人頭腦昏沉才能得到醍醐灌頂的妙味呢？

還有秦樓楚館的清歌，和着三味線太鼓的哀音，你若當燈影闌珊的殘夜，一個人獨臥在「水晶簾卷近秋河」的樓上，遠風吹過，聽到它一聲兩聲，真像是猿啼雁叫，會動盪你的心腑，不由你不撲簌簌地落下幾點淚來；這一種悲涼的情調，也只有在日本，也只有從日本的簡單樂器和歌曲裏，才感味得到。

此外，還有一種合着琵琶來唱的歌；其源當然出於中國，但悲壯激昂，一經日本人的粗喉來一喝，卻覺得中國的黑頭二面，決沒有那麼的威武，與「春雨樓頭尺八簫」的尺八，正足以代表兩種不同的心境；因為尺八音脆且纖，如怨如慕，如泣如訴，跡近女性的緣故。

日本人一般的好作野外嬉遊，也是為我們中國人所不及的地方。春過彼岸，櫻花開作紅雲；京都的嵐山丸山，東京的飛鳥上野，以及吉野等處，全國的津津曲曲，道路上差不多全是遊春的男女。「家家扶得醉人歸」的《春社》之詩，彷彿是為日本人而詠的樣子。而祇園的夜櫻與都踊，更可以使人魂銷魄蕩，把一春的塵土，刷落得點滴無餘。秋天的楓葉紅時，景狀也是一樣。此外則歲時伏臘，即景言遊，凡潮汐幹時，蕨薇生日，草菌簇起，以及螢火蟲出現的晚上，大家出狩，可以謔浪笑傲，脫去形骸；至於元日的門松，端陽的張鯉祭雛，七夕的拜星，中元的盆踊，以及重九的栗糕等等，所奉行的雖系中國的年中行事，但一到日本，卻也變成了很有意義的國民節會，盛大無倫。

日本人的庭園建築，佛舍浮屠，又是一種精微簡潔，能在單純裏裝點出趣味來的妙藝。甚至家家戶戶的廁所旁邊，都能裝置出一方池水，幾樹楠天，洗滌得窗明宇潔，使你聞覺不到穢濁的薰蒸。

在日本習俗裏最有趣味的一種幽閒雅事，是叫作茶道的那一番禮節；各人長跪在一堂，制茶者用了精緻的茶具，規定而熟練的動作，將末茶沖入碗內，順次遞下，各喝取三口又半，直到最後，恰好喝完。進退有節，出入如儀，融融泄泄，真令人會想起唐宋以前，太平盛世的民風。

還有「生花」的插置，在日本也是一種有派別師承的妙技；一隻瓦盆，或一個淨瓶之內，插上幾枝紅綠不等的花枝松幹，更加以些泥沙岩石的點綴，小小的一穿圍裹，可以使你看出無窮盡的多樣一致的配合來。所費不多，而能使滿室生春，這又是何等經濟而又美觀的家庭裝飾！

　　日本人的和服，穿在男人的身上，倒也並不十分雅觀；可是女性的長袖，以及腋下袖口露出來的七色的虹紋，與束腰帶的顏色來一輝映，卻又似萬花繚亂中的蝴蝶的化身了。《蝴蝶夫人》這一齣歌劇，能夠聳動歐洲人的視聽，一直到現在，也還不衰的原因，就在這裏。

　　日本國民的注重清潔，也是值得我們欽佩的一件美德。無論上下中等的男女老幼，大抵總要每天洗一次澡；住在溫泉區域以內的人，浴水火熱，自地底湧出，不必燒煮，洗澡自然更覺簡便；就是沒有溫泉水脈的通都大邑的居民，因為設備簡潔，浴價便宜之故，大家都以洗澡為一天工作完了後的樂事。國民一般輕而易舉的享受，第一要算這種價廉物美的公共浴場了，這些地方，中國人真要學學他們才行。

　　凡上面所說的各點，都是日本固有的文化生活的一小部分。自從歐洲文化輸入以後，各都會都摩登化了，跳舞場，酒吧間，西樂會，電影院等等文化設備，幾乎歐化到了不能再歐，現在連男女的服裝，舊劇的佈景說白，都帶上了牛酪奶油的氣味；銀座大街的商店，門面改換了洋樓，名稱也喚作了歐語，譬如水果飲食店的叫作 Fruits Parlour，旗亭的叫作 Gafe Vienna 或 Barcelona 之類，到處都

是；這一種摩登文化生活，我想叫上海人説來，也約略可以説得，並不是日本獨有的東西，所以此地從略。

　　末了，還有日本的學校生活，醫院生活，圖書館生活，以及海濱的避暑，山間的避寒，公園古跡勝地等處的閒遊漫步生活，或日本阿爾泊斯與富士山的攀登，兩國大力士的相撲等等，要説着實還可以説説，但天熱頭昏，揮汗執筆，終於不能詳盡，只能等到下次有機會的時候，再來寫了。

一九三六年八月在福州

（選自《宇宙風》第 25 期，1936 年 9 月 16 日）

取錢

老舍

　　我告訴你，二哥，中國人是偉大的。就拿銀行說吧，二哥，中國最小的銀行也比外國的好，不冤你。你看，二哥，昨兒個我還在銀行裏睡了一大覺。這個我告訴你，二哥，在外國銀行裏就做不到。

　　那年我上外國，你不是說我隨了洋鬼子嗎？二哥，你真有先見之明。還是拿銀行說吧，我親眼得見，洋鬼子再學一百年也趕不上中國人。洋鬼子不夠派兒。好比這麼說吧，二哥，我在外國拿着張十鎊錢的支票去兌現錢。一進銀行的門，就是櫃枱，櫃枱上沒有亮亮的黃銅欄杆，也沒有大小的銅牌。二哥你看，這和油鹽店有什麼分別？不夠派兒。再說人吧，櫃枱裏站着好幾個，都那麼光梳頭，淨洗臉的，臉上還笑着；這多下賤！把支票交給他們誰也行，誰也是先問你早安或午安；太不夠派兒了！拿過支票就那麼看一眼，緊跟着就問：「怎麼拿？先生！」還是笑着。哪道買賣人呢？！叫「先生」還不夠，必得還笑，洋鬼子脾氣！我就說了，二哥：「四個一鎊的單張，五鎊的一張，一鎊零的；零的要票子和錢兩樣。」要按理說，二哥，十鎊錢要這一套囉哩囉嗦，你討厭不，假若二哥你是銀行的夥計？你猜怎麼樣，二哥，洋鬼子笑得更下賤了，好像這樣麻煩是應當應分。喝，登時從櫃枱下面抽出簿子來，刷刷的就寫；寫完，又一伸手，錢是錢，票子是票子，沒有一眨眼的工夫，都給我數出來了；緊跟着便是：「請點一點，先生！」又是一個「先生」，

下賤，不懂得買賣規矩！點完了錢，我反倒愣住了，好像忘了點什麼。對了，我並沒忘了什麼，是奇怪洋鬼子幹事——況且是堂堂的大銀行——為什麼這樣快？趕喪哪？真他媽的！

　　二哥，還是中國的銀行，多麼有派兒！我不是說昨兒個去取錢嗎？早八點就去了，因為現在天兒熱，銀行八點就開門；抓個早兒，省得大晌午的勞動人家；咱們事事都得留個心眼，人家有個伺候得着與伺候不着，不是嗎？到了銀行，人家真開了門，我就心裏說，二哥：大熱的天，說什麼時候開門就什麼時候開門，真叫不容易。其實人家要愣不開一天，不是誰也管不了嗎？一邊讚歎，我一邊就往裏走。喝，大電扇忽忽的吹着，人家已經都各按部位坐得穩穩當當，吸着煙捲，按着鈴要茶水，太好了，活像一群皇上，太夠派兒了。我一看，就不好意思過去，大熱的天，不叫人家多歇會兒，未免有點不知好歹。可是我到底過去了，二哥，因為怕人家把我攆出去；人家看我像沒事的，還不攆出來麼？人家是銀行，又不是茶館，可以隨便出入。我就過去了，極慢的把支票放在櫃枱上。沒人搭理我，當然的。有一位看了我一眼，我很高興；大熱的天，看我一眼，不容易。二哥，我一過去就預備好了：先用左腿金雞獨立的站着，為是站乏了好換腿。左腿立了有十分鐘，我很高興我的腿確是有了勁。支持到十二分鐘我不能不換腿了，於是就來個右金雞獨立。右腿也不弱，我更高興了，嗨，爽性來個猴啃桃吧，我就頭朝下，順着櫃枱倒站了幾分鐘。翻過身來，大家還沒動靜，我又翻了十來個跟頭，打了些旋風腳。剛站穩了，過來一位；心裏說：我還沒練兩套拳呢；這麼快？那位先生敢情是過來吐口痰，我補上了兩套拳。拳練完了，我出了點汗，很痛快。又站了會兒，一邊喘氣，一邊欣賞大家的派頭——真穩！很想給他們喝個彩。八點四十

分，過來一位，臉上要下雨，眉毛上滿是黑雲，看了我一眼。我很難過，大熱的天，來給人家添麻煩。他看了支票一眼，又看了我一眼，好像斷定我和支票像親哥兒倆不像。我很想把腦門子上簽個字。他連大氣沒出把支票拿了走，扔給我一面小銅牌。我直說：「不忙，不忙！今天要不合適，我明天再來；明天立秋。」我是真怕把他氣死，大熱的天。他還是沒理我，真夠派兒，使我肅然起敬！

拿着銅牌，我坐在椅子上，往放錢的那邊看了一下。放錢的先生──一位像屈原的中年人──剛按鈴要雞絲面。我一想：工友傳達到廚房，廚子還得上街買雞，湊巧了雞也許還沒長成個兒；即使順當的買着雞，面也許還沒磨好。説不定，這碗雞絲面得等三天三夜。放錢的先生當然在吃面之前決不會放錢；大熱的天，腹裏沒食怎能辦事。我覺得太對不起人了，二哥！心中一懊悔，我有點發睏，靠着椅子就睡了。睡得挺好，沒蚊子也沒臭蟲，到底是銀行裏！一閉眼就睡了五十多分鐘；我的身體，二哥，是不錯了！吃得飽，睡得着！偷偷的往放錢的先生那邊一看，（不好意思正眼看，大熱的天，趕勞人是不對的！）雞絲面還沒來呢。我很替他着急，肚子怪餓的，坐着多麼難受。他可是真夠派兒，肚子那麼餓還不動聲色，沒法不佩服他了，二哥。

大概有十點左右吧，雞絲面來了！「大概」，因為我不肯看壁上的鐘──大熱的天，表示出催促人家的意思簡直不夠朋友。況且我才等了兩點鐘，算得了什麼。我偷偷的看人家吃面。他吃得可不慢。我覺得對不起人。為兑我這張支票再逼得人家噎死，不人道！二哥，咱們都是善心人哪。他吃完了面，按鈴要手巾把，然後點上火紙，咕嚕開小水煙袋。我這才放心，他不至於噎死了。他又吸了

半點多鐘水煙。這時候，二哥。等取錢的已有了六七位，我們彼此對看，眼中都帶出對不起人的神氣。我要是開銀行，二哥，開市的那天就先槍斃倆取錢的，省得日後麻煩。大熱的天，取哪門子錢？！不知好歹！

十點半，放錢的先生立起來伸了伸腰。然後捧着小水煙袋和同事低聲閒談起來。我替他抱不平，二哥，大熱的天，十時半還得在行裏閒談，多麼不自由！憑他的派兒，至少該上青島避兩月暑去；還在行裏，還得閒談，哼！

十一點，他回來，放下水煙袋，出去了；大概是去出恭。十一點半才回來。大熱的天，二哥，人家得出半點鐘的恭，多不容易！再說，十一點半，他居然拿起筆來寫賬，看支票。我直要過去勸告他不必着急。大熱的天，為幾個取錢的得點病才合不着。到了十二點，我決定回家，明天再來。我剛要走，放錢的先生喊：「一號！」我真不願過去，這個人使我失望！才等了四點鐘就放錢，派兒不到家！可是，他到底沒使我失望。我一過去，他沒說什麼，只指了一指支票的背面。原來我忘了在背後簽字，他沒等我拔下自來水筆來，說了句：「明天再說吧。」這才是我所希望的！本來嗎，人家是一點關門；我補簽上字，再等四點鐘，不就是下午四點了嗎？大熱的天，二哥，人家能到時候不關門？我收起支票來，想說幾句極合適的客氣話，可是他喊了「二號」；我不能再耽誤人家的工夫，決定回家好好的寫封道歉的信！二哥，你得開開眼去，太夠派兒！

（選自《老舍幽默文集》，長沙：湖南人民出版社，1982 年）

避暑

老舍

英美的小資產階級，到夏天若不避暑，是件很丟人的事。於是，避暑差不多成為離家幾天的意思，暑避了與否倒不在話下。城裏的人到海邊去，鄉下人上城裏來：城裏若是熱，鄉下人幹嗎來？若是不熱，城裏的人為何不老老實實的在家裏歇着？這就難説了。再看海邊吧，各樣雜耍，似趕集開廟一般，男女老幼，鬧鬧吵吵，比在家中還累得慌。原來暑本無須避，而面子不能不圓——；夏天總得走這麼幾日，要不然便受不了親友的盤問。誰也知道，海邊的小旅館每每一間小屋睡大小五口；這只好盡在不言中。

手中更富裕的，講究到外國來。這更少與避暑有關。巴黎夏天比倫敦熱得多，而巴黎走走究竟體面不小。花幾個錢，長些見識，受點熱也還值得。可是咱們這兒所説的人們，在未走以前已經決定好自己的文化比別國高，而回來之後只為增高在親友中的身份——「剛由巴黎回來；那群法國人！」

到中國做事的西人，自然更不能忘了這一套。在北戴河，有三家湊賃一所小房的，住上二天，大家的享受正如圈裏的羊。自然也有很闊氣的，真是去避暑；可是這樣的人大概在哪裏也不見得感到熱，有錢呀。有錢能使鬼推磨，難道不能使鬼做冰激凌嗎？這總而言之，都有點裝着玩。外國人裝蒜，中國人要是不學，便算不了摩登。於是自從皇上被免職以後，中國人也講究避暑。北平的西山，

青島，和其他的地方，都和洋錢有同樣的響聲。還有特意到天津或上海玩玩的，也歸在避暑項下；誰受罪誰知道。

暑，從哲學上講，是不應當避的。人要把暑都避了，老天爺還要暑幹嗎？農人要都去避暑，糧食可還有的吃？再退一步講，手裏有錢，暑不可不避，因為它暑。這自然可以講得通，不過為避暑而急得四脖子汗流，便大可以不必。到避暑期間而鬧得人仰馬翻，便根本不如在家裏和誰打上一架。

所以我的避暑法便很簡單——家裏蹲。第一不去坐火車：為避暑而先坐廿四小時的特別熱車，以便到目的地去治上吐下瀉，我就不那麼傻。第二不扶老攜幼去玩玄：比如上山，帶着四個小孩，説不定會有三個半滾了坡的。山上的空氣確是清新，可是下得山來，孩子都成了瘸子，也與教育宗旨不甚相合。即使沒有摔壞，反正還不嚇一身汗？這身汗哪裏出不了，單上山去出？第三不用搬家。你説，一家大小都去避暑，得帶多少東西？即使出發的時候力求簡單，到了地方可就明白過來，啊，沒有給小二帶乳瓶來！買去吧，哼，該買的東西多了！三叔的固元膏忘下了，此處沒有賣的，而不貼則三叔就瀉肚；得發快信託朋友給寄！及至東西都慢慢買全，也該回家了，住回運吧，有什麼可説的！

一個人去自然簡單些，可是你留神吧，你的暑氣還沒落下去，家裏的電報到了——急速回家！趕回來吧，原來沒事，只是尊夫人不放心你！本來嗎，一個人在海岸上溜，尊夫人能放心嗎？她又不是沒看過美人魚的照片。

大家去，獨自去，都不好；最好是不去。一動不如一靜，心靜自然涼。況且一切應用的東西都在手底下：涼席，竹枕，蒲扇，煙

卷，萬應錠，小二的乳瓶……要什麼伸手即得，這就是個樂子。渴了有綠豆湯，餓了有燒餅，悶了唸書或作兩句詩。早早的起來，晚晚的睡，到了晌午再補上一大覺；光腳沒人管，赤背也不違警章，唱幾口隨便，喝兩盅也行。有風便蔭涼下坐着，沒風則勤扇着，暑也可以避了。

這種避暑有兩點不舒服：(一) 沒把錢花了；(二) 怕人問你。都有辦法：買點暑藥送苦人，或是賑災，即使不是有心積德，到底錢是不必非花在青島不可的。至於怕有人問，你可以不見客，等秋來的時候，他們問你，很可以這樣說：「老沒見，上莫干山住了三個多月。」如能把孩子們囑咐好了，或者不至漏了底。

（選自《老舍幽默文集》，長沙：湖南人民出版社，1982 年）

西洋人的中國故事

甕牖剩墨之三

王力

　　西洋人對於中國的事情，無論真假，都喜歡知道。殺頭，纏腳，抽大煙，討小老婆，在西洋人看來是中國的四大特徵。儘管你說這種事情早已絕跡了，他們仍舊似信不信的。捏造的話也不少。福祿特爾的《趙氏孤兒記》（即搜孤救孤），已經和中國的原本不盡相同。此外，都德在他的小說《沙弗》裏，說及東方有一個地方，妻子和別人通姦，給丈夫知道了以後，就把她和一隻雄貓裝在一個布袋裏，曬在烈日之下，於是貓抓人，人扼貓，同歸於盡（手邊無書，大意如此）。我們不知道都德的故事是不是暗指中國，不過，像這一類捏造的故事而又明說是出於中國者，在西洋也並非沒有。現在我們舉一個例子，就是查理·藍在《愛利亞論》裏面所說中國人發明燒豬的故事。依查理·藍說，這故事是根據一個中文手抄本，由一個懂中文的朋友講給他聽的。

　　在開天闢地後七萬年的期間內，人類只知道吃生的獸肉，像今日（藍氏時代）阿比西尼亞的土人一樣。孔夫子在《易》經裏也曾暗示有過這麼一個時代，他認為黃金時代，叫它做「廚放」，就是「廚子放假」的意思。後來燒豬的藝術是偶然地被發明的。有一個牧豬人，名叫火帝，他在清晨就到樹林找豬的食料去了，只留他的長子波波看家。波波是一個笨孩子……當時的青年都喜歡燒火

為戲，波波更可說是一個火迷。他一個不留神，讓火星逬射在一束乾草上，就燃燒起來，轉眼間，一間茅屋已成灰燼。茅屋燒了不要緊，一兩個鐘頭可以重建起來；可痛者是裏面還有一窩新生的小豚，至少在九個之數，都給燒死了。波波正在思忖怎樣來對他的父親解釋這件事的當兒，忽然覺得一陣香氣撲鼻。說是茅屋被燒，發出來的香味兒嗎？從前茅屋也曾被燒過，為什麼不曾聞着過這種味兒呢？他想不出一個道理來，且先彎下腰去摸一摸那小豬兒，看它還活着不。手指給燙疼了，他天真地拿指頭放在嘴裏吹。在摸的時候，一些燒裂了的碎豬皮已經貼在指頭上。於是，他有生以來第一次（其實可說是有人類以來第一次）嘗着了燒豬的味道——脆的啊！他再摸摸看，不期然而然地，他又舐他的指頭。這樣嘗了又嘗，他終於恍然大悟，原來剛才聞着的是燒豬的味兒，而燒豬竟又是這樣好吃的。火帝回家之後，和兒子大鬧一番。波波想法子讓他父親嘗着了燒豬的美味，於是父子倆正經地坐下，把這一窩乳豬吃個精光。

火帝叮囑波波嚴守秘密，因為恐怕鄰人知道了，說他們擅自改良上帝所賜的食物，會用亂石打死他們。但是，鄰人們卻注意到火帝的草房子燒了又造，造了又燒。從前沒有見過這樣密的火災，最巧的是：母豬每次生了小豬，火帝的草房子一定被燒。而火帝並沒有責罵過他的兒子一句。鄰人們覺得奇怪，終於偵察出他們的神秘來，告到北京的法庭（當時北京還小得很呢）。火帝父子被傳去審訊，那燒豬也被拿去做物憑。正在快要判決的當兒，裁判委員會的主席提議先把燒豬放進木箱裏。於是他去摸了摸，其餘的委員也去摸了摸，他們的手指都給燙疼了，都放在嘴裏吹冷。這一吹就變了局面，委員們也不再顧那些人證物證的確鑿，也用不着互相磋商，

大家不約而同地宣告火帝父子無罪。這麼一來，把旁聽席上的人，市民們，外人，訪員，都弄得莫明其妙起來。

那法官是一個狡猾的人，等到退庭之後，就秘密地去買許許多多的豬。幾天之後，大家聽說他的采邑的房子被火燒了。這一件事傳播開來，四面八方的民房也都遭了火災。在這一帶地方，柴草和豬都大漲其價。保險公司一個個都關了門。人們造房子，愈來愈馬虎，大家都怕建築之學不久就會失傳了。幸虧有一個聖人出來（像咱們的陸克），他才發明：燒豬或烤別的肉類都犯不着燒去一座房子，只須用鐵叉叉着燒烤就行。

故事的本身是很美的。妙處不在於波波誤燒茅屋，而在於法官和民眾們都相信必須燒去房子，然後吃得着燒豬。但是我對於它的真實性非常懷疑。藍氏跟着也說事情未必可信，但是我比他更進一步，我根本不相信它是一個中國故事。咱們現在雖然努力歐化，但咱們的遠祖卻未必這樣時髦。燧人氏的時代，中國未必有法庭，更不會有訪員。政治中心也不會在北平。亂石殺人只是西洋歷史上的事，中國太古時代殺人也許有別的花樣。保險公司非但中國古代沒有，現在也還不曾深入民間呢。這些都可說是藍氏隨筆寫來，失於檢點而已。但是，我實在太淺陋了，在中國書中不曾看見過這樣的一個故事。即使是一種手抄本，也該像中國人的話，何至於一個牧豬人稱為火帝，把一個太古時代稱為「廚放」呢？這也許是我譯錯了字。但是，波波畢竟不像中國的古人名。中國上古的人名有雙聲，有疊韻，卻是沒有疊字的。

這個故事之出於虛構，似是毫無疑義的了。藍氏也許像美國人，喜歡把廣東人看做中國人的典型：廣東人有燒乳豬的事實，因

此渲染成為一個故事。我常常這樣想：西洋人可以虛構中國的故事，中國人何嘗不可以虛構西洋的故事呢？《鏡花緣》就幾乎走上這一條路，可惜它不曾說「君子國」之類就在今日的歐洲，也不曾說是據一個西文手抄本，由一個懂西文的朋友講給他聽的。

一九四二年《星期評論》

（選自《龍蟲並雕齋瑣語》，北京：中國社會科學出版社，1982 年）

西餐

棕櫚軒詹言之十一

王力

「中學為體，西學為用，」這兩句話至少可以再適用五十年。單就我們的西餐來說，也不愧為中國本位文化的西餐。

刀叉是西式的，盤子是西式的，菜的順序是西式的，甚至菜單也用了西文，有哪一點兒不像西餐呢？若説穿長衫的人不配吃西餐，那人不像西人，並不是餐不像西餐。人不像西人是沒方法改造的；即使都穿上了西服，仍舊裝不上羅馬式的鼻子和碧藍的眼睛。餐不像西餐卻應該是有法子改正的，正像飛機大炮一般，全盤接受過來就是了。那麼，為什麼弄到不像呢？這因為多數人以為已經十分像了，想不到還有需要改正的地方；少數人雖知道不像，也不敢提倡改正。因為改正就不合國情，就不是中國本位文化了啊！

中國本位文化的西餐之所以不像西餐，首先就是菜味兒不像。本來，中國文化也提倡吃新鮮的東西，所以孔夫子是「魚餒而肉敗不食。」但是，因為中國人吃苦吃了幾千年，連臭東西也學慣了吃了。記得在北平的時候，一位朋友請吃西餐，每客大洋八毛。吃了雜樣小吃之後，魚上來了。我覺得那魚有幾分「餒」味，於是遵照聖道，「不食」。起初希望有人向餐館提出抗議，然而我冷眼觀察二十幾位客人當中，不食者僅二人，連我包括在內。少數服從多

數，說話就變了瘋子。從前聽說舌的感覺特別能辨別腐臭的人一定短壽，更不敢說什麼了。

真正西餐裏的臭東西，我們的西餐館裏倒反沒有。那就是乳酪。中國的西餐席上，菜吃完了就來點心咖啡和水果，很少看見來「奇士」。西人麵條裏加「奇士」；我們的西餐館裏如果這樣辦，包管你明天沒有顧客上門，門可羅雀！

真正的西餐裏，豬雞鴨鴿之類是熟的；至於牛羊之類，除了紅燒之外，多數是半生不熟的。英國的「北夫司提克」，法國的「莎多不利陽」都是黑表紅裏。顧客們還常常吩咐要吃「帶血的」。我們起初不敢吃，後來勉強吃，後來漸漸愛吃，末了，居然也向侍者要起「帶血的」來了。茹毛飲血是野蠻；不茹毛而飲血是半野蠻。二千年前，西人還不懂得烹飪；而我們中國早就列鼎而食。這一點，我們自然不該學人家。對啊，對啊！……然而這樣一來，卻又不像西餐了。

「西點」和麵包也是西餐裏的東西。西點的主要成分是奶油。在戰前，已經有許多西點店為了減輕成本，不肯用奶油。譬如在北平，講究吃西點的，只能向法國麵包房去買。在抗戰了八年的今日，所謂西點，乾癟癟的，連中國點心的油量都趕不上，還能希望有奶油嗎？至於麵包，本來做法就趕不上人家，還在西點店裏擺了三五天，像粉了，才吃！洋派頭是有了，洋味兒在哪裏呢？

在中國，很難有機會吃到一頓名符其實的西餐。七七事變後，逃難經過青島，那裏的西餐才算是西餐，每客一元二毛。連吃了三頓。假使不是趕火車到濟南，還要吃第四頓。但是，那種西餐館搬到內地來一定不受歡迎，因為缺乏中國本位文化的緣故。

雖然沒有人說不穿西服的人不配吃西餐，卻偶然聽見有人說不懂「西席」的規矩的人不配吃西餐。這也叫我們的「名士派」的同胞們聽了不服氣。假使有人喜歡在「西席」上豁拳，似乎也無傷大雅，何況稍微有些刀叉的聲音？至於西俗不許用刀切魚，也許是一種迷信，更可以不去管它。不過，如果把切魚的人數和不切魚的人數相比較，也許可以證明中國本位文化的人確比全盤西化的人多了許多。這是很好的現象。……然而這樣一來，卻又不像吃西餐了。

中國人何必吃西餐？這和中國人何必穿西服，何必稱「密司」，何必說「厄死球是迷」，何必喊「哈囉」，一樣地難以答覆。但是，其中有一個經濟上的原因，就是西餐請客可以省錢，西餐無論怎樣貴，總趕不上燕翅參鮑的酒席。而我們若替洋派找口實，卻應該說比燕翅參鮑的酒席更為神氣，更為時髦。況且西餐有一客算一客，不像中餐那樣。假使被請的客人有三五個不到，西餐可省下三五客的消費，中餐卻沒有這樣便利。這個秘密公開了，不必替西餐館子登義務廣告。但是，凡是希望有口福的人，仍舊應該贊成中國人吃中餐。

一九四四年九月廿四日昆明《中央日報》增刊

（選自《龍蟲並雕齋瑣語》，北京：中國社會科學出版社，1982 年）

英國人

老舍

據我看，一個人即使承認英國人民有許多好處，大概也不會因為這個而樂意和他們交朋友。自然，一個有金錢與地位的人，走到哪裏也會受歡迎；不過，在英國也比在別國多些限制。比如以地位説吧，假如一個作講師或助教的，要是到了德國或法國，一定會有些人稱呼他「教授」。不管是出於誠心吧，還是捧場；反正這是承認教師有相當的地位，是很顯然的。在英國，除非他真正是位教授，絕不會有人來招呼他。而且，這位教授假若不是牛津或劍橋的，也就還差點勁兒。貴族也是如此，似乎只有英國國產貴族才能算數兒。

至於一個平常人，儘管在倫敦或其他的地方住上十年八載，也未必能交上一個朋友。是的，我們必須先交代明白，在資本主義的社會裏，大家一天到晚為生活而奔忙，實在找不出閒工夫去交朋友；歐西各國都是如此，英國並非例外。不過，即使我們承認這個，可是英國人還有些特別的地方，使他們更難接近。一個法國人見着個生人，能夠非常的親熱，愈是因為這個生人的法國話講得不好，他才愈願指導他。英國人呢，他以為天下沒有會講英語的，除了他們自己，他乾脆不願答理一個生人。一個英國人想不到一個生人可以不明白英國的規矩，而是一見到生人説話行動有不對的

地方，馬上認為這個人是野蠻，不屑於再招呼他。英國的規矩又偏偏是那麼多！他不能想像到別人可以沒有這些規矩，而另有一套；不，英國的是一切；設若別處沒有那麼多的霧，那根本不能算作真正的天氣！

除了規矩而外，英國人還有好多不許說的事：家中的事，個人的職業與收入，通通不許說，除非彼此是極親近的人。一個住在英國的客人，第一要學會那套規矩，第二要別亂打聽事兒，第三別談政治，那麼，大家只好談天氣了，而天氣又是那麼不得人心。自然，英國人很有的說，假若他願意：他可以講論賽馬、足球、養狗、高爾夫球等等；可是咱又許不大曉得這些事兒。結果呢，只好對楞著。對了，還有宗教呢，這也最好不談。每個英國人有他自己開闢的到天堂之路，乘早兒不用惹麻煩。連書籍最好也不談，一般的說，英國人的讀書能力與興趣遠不及法國人。能唸幾本書的差不多就得屬於中等階級，自然我們所願與談論書籍的至少是這路人。這路人比誰的成見都大，那麼與他們閒話書籍也是自找無趣的事。多數的中等人拿讀書——自然是指小說了——當作一種自己生活理想的佐證。一個普通的少女，長得有個模樣，嫁了個駛汽車的；在結婚之夕才證實了，他原來是個貴族，而且承襲了樓上有鬼的舊宮，專是壁上的掛圖就值多少百萬！讀慣這種書的，當然很難想到別的事兒，與他們談論書籍和搗亂大概沒有什麼分別。中上的人自然有些識見了，可是很難遇到啊。況且有些識見的英國人，根本在英國就不大被人看得起；他們連拜倫、雪萊，和王爾德還都逐出國外去，我們想跟這樣人交朋友——即使有機會——無疑的也會被看作成怪物的。

我真想不出，彼此不能交談，怎能成為朋友。自然，也許有人說：不常交談，那麼遇到有事需要彼此的幫忙，便丁對丁，卯對卯的去辦好了；彼此有了這樣乾脆了當的交涉與接觸，也能成為朋友，不是嗎？是的，求人幫助是必不可免的事，就是在英國也是如是；不過英國人的脾氣還是以能不求人為最好。他們的脾氣即是這樣，他們不求你，你也就不好意思求他了。多數的英國人願當魯濱孫，萬事不求人。於是他們對別人也就不願多伸手管事。況且，他們即使願意幫忙你，他們是那樣的沉默簡單，事情是給你辦了，可是交情仍然談不到。當一個英國人答應了你辦一件事，他必定給你辦到。可是，跟他上火車一樣，非到車已要開了，他不露面。你別去催他，他有他的穩當勁兒。等辦完了事，他還是不理你，直等到你去謝謝他，他才微笑一笑。到底還是交不上朋友，無論你怎樣上前巴結。

　　假若你一個勁兒奉承他或討他的好，他也許告訴你：「請少來吧，我忙！」這自然不是說，英國就沒有一個和氣的人。不，絕不是。一個和氣的英國人可以說是最有禮貌、最有心路、最體面的人。不過，他的好處只能使你欽佩他，他有好些地方使人不便和他套交情。他的禮貌與體面是一種武器，使人不敢離他太近了。就是頂和氣的英國人，也比別人端莊的多；他不喜歡法國式的親熱——你可以看見兩個法國男人互吻，可是很少見一個英國人把手放在另一個英國人的肩上，或摟着脖兒。兩個很要好的女友在一塊兒吃飯，設若有一個因為點兒原故而想把自己的菜讓給友人一點，你必會聽到那個女友說：「這不是羞辱我嗎？」男人就根本不辦這樣的傻事。是呀，男人對於讓酒讓煙是極普遍的事，可是只限於煙酒，他們不會肥馬輕裘與友共之。

這樣講，好像英國人太彆扭了。彆扭，不錯；可是他們也有好處。你可以永遠不與他們交朋友，但你不能不佩服他們。事情都是兩面的。英國人不願輕易替別人出力，他可也不來討厭你呀。他的確非常高傲，可是你要是也沉住了氣，他便要佩服你。一般的說，英國人很正直。他們並不因為自傲而蠻不講理。對於一個英國人，你要先估量估量他的身份，再看看你自己的價值，他要是像塊石頭，你頂好像塊大理石；硬碰硬，而你比他更硬。他會承認他的弱點。他能夠很體諒人，很大方，但是他不願露出來；你對他也頂好這樣。設若你準知道他要向燈，你就頂好也先向燈，他自然會向火；他喜歡表示自己有獨立的意見。他的意見可老是意見，假若你說得有理，到辦事的時候他會犧牲自己的意見，而應怎麼辦就怎麼辦。你必須知道，他的態度雖是那麼沉默孤高，像有心事的老驢似的，可是他心中很能幽默一氣。他不輕易向人表示親熱，可也不輕易生氣，到他說不過你的時候，他會以一笑了之。這點幽默勁兒使英國人幾乎成為可愛的了。他沒火氣，他不吹牛，雖然他很自傲自尊。

　　所以，假若英國人成不了你的朋友，他們可是很好相處。他們該辦什麼就辦什麼，不必你去套交情；他們不因私交而改變作事該有的態度。他們的自傲使他們對人冷淡，可是也使他們自重。他們的正直使他們對人不客氣，可也使他們對事認真。你不能拿他當作吃喝不分的朋友，可是一定能拿他當個很好的公民或辦事人。就是他的幽默也不低級討厭，幽默助成他作個貞脫兒曼，不是弄鬼臉逗笑。他並不老實，可是他大方。

　　他們不愛着急，所以也不好講理想。胖子不是一口吃起來的，烏托邦也不是一步就走到的。往壞了說，他們只顧眼前；往好裏

說，他們不烏煙瘴氣。他們不愛聽世界大同，四海兄弟，或那頂大頂大的計劃。他們願一步一步慢慢的走，走到哪裏算哪裏。成功呢，好；失敗呢，再幹。英國兵不怕打敗仗。英國的一切都好像是在那兒敷衍呢，可是他們在各種事業上並不是不求進步。這種騎馬找馬的辦法常常使人以為他們是狡猾，或守舊；狡猾容或有之，守舊也是真的，可是英國人不在乎，他有他的主意。他深信常識是最可寶貴的，慢慢走着瞧吧。蕭伯納可以把他們罵得狗血噴頭，可是他們會說：「他是愛爾蘭的呀！」他們會隨着蕭伯納笑他們自己，但他們到底是他們——蕭伯納連一點辦法也沒有！

這些，可只是個簡單的，大概的，一點由觀察得來的印象。一般的說，也許大致不錯；應用到某一種或某一個英國人身上，必定有許多欠妥當的地方。概括的論斷總是免不了危險的。

（選自《西風》第 1 期，1936 年 9 月）

中國文化之精神

林語堂

（一九三二年春在牛津大學和平會演講稿）

此篇原為對英人演講，類多恭維東方文明之語。茲譯成中文發表，保身之道既莫善於此，博國人之歡心，又當以此為上策，然一執筆，又有無限感想，油然而生。（一）東方文明，余素抨擊最烈，至今仍主張非根本改革國民懦弱萎頓之根性，優柔寡斷之風度，敷衍逶迤之哲學，而易以西方勵進奮圖之精神不可。然一到國外，不期然引起心理作用，昔之抨擊者一變而為宣傳，宛然以我國之榮辱為個人之榮辱，處處願為此東亞病夫作辯護，幾淪為通常外交隨員，事後思之，不覺一笑。（二）東方文明、東方藝術、東方哲學，本有極優異之點，故歐洲學者，竟有對中國文化引起浪漫的崇拜，而於中國美術尤甚。普通學者，於玩摩中國書畫古玩之餘，對於畫中人物愛好之誠，或與歐西學者之思戀古代希臘文明同等。余在倫敦參觀 Eumorphopulus 私人收藏中國瓷器，見一座定窯觀音，亦神為之蕩。中國之觀音與西洋之瑪妲娜（聖母），同為一種宗教藝術之中心對象，同為一民族藝術想像力之結晶，然平心而論，觀音姿勢之妍麗，褶文之飄逸，態度之安詳，神情之嫻雅，色

澤之可愛，私人認為在西洋最名貴瑪妲娜之上。吾知吾生為歐人，對中國畫中人物，亦必發生思戀。然一返國，則又起異樣感觸，始知東方美人，固一麻子也，遠視固體態苗條，近視則百孔千瘡，此又一回國感想也。（三）中國今日政治經濟工業學術，無一不落人後，而舉國正如醉如癡，連年戰亂，不恤民艱，強鄰外侮之際，且不能釋然私怨，豈非亡國之徵？正因一般民眾與官僚，缺乏徹底改過革命之決心，黨國要人，或者正開口浮屠，閉口孔孟，思想不清之國粹家，又從而附和之，正如富家之紈袴子弟，不思所以發揮光大祖宗企業，徒日數家珍以誇人。吾於此時，復作頌揚東方文明之語，豈非對讀者下麻醉劑，為亡國者助聲勢乎？中國國民，固有優處，弱點亦多。若和平忍耐諸美德，本為東方精神所寄託，然今日環境不同，試問和平忍耐，足以救國乎，抑適足以為亡國之禍根乎？國人若不深省，中夜思過，換和平為抵抗，易忍耐為奮鬥，而坐聽國粹家之催眠，終必昏瞶不省，壽終正寢。願讀者就中國文化之弱點着想，毋徒以東方文明之繼述者自負。中國始可有為。

　　我在未開講之先，要先聲明本演講之目的，並非自命為東方文明之教士，希望使牛津學者變為中國文化之信徒。唯有西方教士才有這種膽量，這種雄心。膽量與雄心，固非中國人之特長。必欲執一己之道，使異族同化，於情理上，殊欠通達，依中國觀點而論，情理欠通達，即係未受教育。所以鄙人此講依舊是中國人冷淡的風光本色，絕對沒有教士的熱誠，既沒有野心救諸位的魂靈，也沒有戰艦大炮將諸位擊到天堂去。諸位聽完此篇所講中國文化之精神後，就能明瞭此冷淡與缺乏熱誠之原因。

我認為我們還有更高尚的目的，就是以研究態度，明瞭中國人心理及傳統文化之精要。卡來爾氏有名言說：「凡偉大之藝術品，初見時必覺令人不十分舒適。」依卡氏的標準而論，則中國之「偉大」固無疑義。我們所講某人偉大，即等於說我們對於某人根本不能明瞭，宛如黑人聽教士講道，愈不懂，愈讚歎教士之鴻博。中國文化，盲從頌讚者有之，一味詆毀者有之，事實上卻大家看他如一悶葫蘆，莫名其妙。因為中國文化數千年之發展，幾與西方完全隔絕，無論小大精粗，多與西方背道而馳。所以西人之視中國如啞謎，並不足奇，但是私見以為必欲不懂始稱為偉大，則與其使中國被稱為偉大，莫如使中國得外方之諒察。

　　我認為，如果我們了解中國文化之精神，中國並不難懂。一方面，我們不能發覺支那崇拜者夢中所見的美滿境地，一方面也不至於發覺，如上海洋商所相信中國民族只是土匪流氓，對於他們運輸入口的西方文化與沙丁魚之功德，不知感激涕零。此兩種論調，都是起因於沒有清楚的認識。實際上，我們要發覺中國民族為最近人情之民族，中國哲學為最近人情之哲學，中國人民，固有他的偉大，也有他的弱點，絲毫沒有邈遠玄虛難懂之處。中國民族之特徵，在於執中，不在於偏倚，在於近人之常情，不在於玄虛理想。中國民族，頗似女性，腳踏實地，善謀自存，好講情理，而惡極端理論，凡事只憑天機本能，糊塗了事。凡此種種，頗與英國民性相同。錫索羅曾說，理論一貫者乃小人之美德，中英民族都是偉大，理論一貫與否，與之無涉。所以理論一貫之民族早已滅亡，中國卻能糊塗過了四千年的歷史。英國民族果能保存其著名「糊塗渡過難關」（"somehow muddle through"）之本領，將來自亦有四千年光耀

歷史無疑。中英民性之根本相同，容後再講。此刻所要指明者，只是説中國文化，本是以人情為前題的文化，並沒有難懂之處。

倘使我們一檢查中國民族，可發見以下優劣之點。在劣的方面，我們可以舉出，政治之貪污，社會紀律之缺乏，科學工業之落後，思想與生活方面留存極幼稚野蠻的痕跡，缺乏團體組織團體治事的本領，好敷衍不徹底之根性等。在優的方面，我們可以舉出歷史的悠久繼長，文化的一統，美術的發達（尤其是詩詞、書畫、建築、瓷器，）種族上生機之強壯、耐勞、幽默、聰明，對文士之尊敬，熱烈的愛好山水及一切自然景物，家庭上之親誼，及對人生目的比較確切的認識。在中立的方面，我們可以舉出守舊性、容忍性、和平主義及實際主義。此四者本來都是健康的徵點，但是守舊易致於落伍，容忍則易於妥洽，和平主義或者是起源於體魄上的懶於奮鬥，實際主義則凡事缺乏理想，缺乏熱誠。統觀上述，可見中國民族特徵的性格大多屬於陰的、靜的、消極的，適宜一種和平堅忍的文化，而不適宜於進取外展的文化。此種民性，可以「老成溫厚」四字包括起來。

在這些叢雜的民性及文化特徵之下，我們將何以發見此文化之精神，可以貫穿一切，助我們了解此民性之來源及文化精英所寄託？我想最簡便的解釋在於中國的人文主義，因為中國文化的精神，就是此人文主義的精神。

「人文主義」（Humanism）含義不少，講解不一。但是中國的人文主義（鄙人先立此新名詞）卻有很明確的含義。第一要素，就是對於人生目的與真義有公正的認識。第二、吾人的行為要純然以此目的為指歸。第三、達此目的之方法，在於明理，即所謂事理通

達，心氣和平（spirit of human reasonableness）即儒家中庸之道，又可稱為「庸見的崇拜」（religion of common sense）。

中國的人文主義者，自信對於人生真義問題已得解決。自中國人的眼光看來，人生的真義，不在於死後來世，因為基督教所謂此生所以待斃，中國人不能了解；也不在於涅槃，因為這太玄虛；也不在於建樹勳業，因為這太浮泛；也不在於「為進步而進步」，因為這是毫無意義的。所以人生真義這個問題，久為西洋哲學宗教家的懸案，中國人以只求實際的頭腦，卻解決的十分明暢。其答案就是在於享受淳樸生活，尤其是家庭生活的快樂，（如父母俱存兄弟無故等）及在於五倫的和睦。暮從碧山下，山月隨人歸，或是雲淡風輕近午天，傍花隨柳過前村，這樣淡樸的快樂，自中國人看來，不僅是代表含有詩意之片刻心境，乃為人生追求幸福的目標。得達此境，一切泰然。這種人生理想並非如何高尚（參照羅斯福氏所謂「殫精竭力的一生」），也不能滿足哲學家玄虛的追求，但是卻來得十分實在。愚見這是一種異常簡單的理想，因其異常簡單，所以非中國人的實事求是的頭腦想不出來，而且有時使我們驚詫，這樣簡單的答案，西洋人何以想不出來。鄙見中國與歐洲之不同，即歐人多發明可享樂之事物，卻較少有消受享樂的能力，而中國人在單純的環境中，較有消受享樂之能力與決心。

此為中國文化之一大秘訣。因為中國人能明知足常樂的道理，又有今朝有酒今朝醉，處處想偷閒行樂的決心，所以中國人生活求安而不求進，既得目前可行之樂，即不復追求似有似無疑實疑虛之功名事業。所以中國的文化主靜，與西人勇往直前躍躍欲試之精神大相逕庭。主靜者，其流弊在於頹喪潦倒。然兢兢業業熙熙攘攘

者，其病在於常患失眠。人生究竟幾多日，何事果值得失眠乎？詩人所謂共誰爭歲月，贏得鬢邊華。伍廷芳使美時，有美人對伍氏敍述某條鐵道造成時，由費城到紐約可省下一分鐘，言下甚為得意，伍氏淡然問他，「但是此一分鐘省下來時，作何用處？」美人瞠目不能答覆。伍氏答語最能表示中國人文主義之論點。因為人文主義處處要問明「你的目的何在？何所為而然？」這樣的發問，常會發人深省的。譬如英人每講戶外運動以求身體舒適（keeping fit），英國有名的《滑稽週報》Punch 卻要發問「舒適做什麼用？」（fit for what?）（原雙關語意為「配做什麼用？」）依我所知這個問題到此刻還沒回答，且要得到完滿的回答，也要有待時日。厭世家曾經問過，假使我們都知道所幹的事是為什麼，世上還有人肯去幹事嗎？譬如我們好講婦女解放自由，而從未一問，自由去做甚？中國的老先生坐在爐旁大椅上要不敬的回答，自由去婚嫁。這種人文主義冷靜的態度，每易煞人風景，減少女權運動者之熱誠。同樣的，我們每每提倡普及教育，平民識字，而未曾疑問，所謂教育普及者，是否要替《逐日郵報》及 Beaverbrook 的報紙多製造幾個讀者？自然這種冷靜的態度，易趨於守舊，但是中西文化精神不同之情形，確是如此。

其次，所謂人文主義者，原可與宗教相對而言。人文主義既認定人生目的在於今世的安福，則對於一切不相干問題一概毅然置之不理。宗教之信條也，玄學的推敲也，都摒棄不談，因為視為不足談。故中國哲學始終限於行為的倫理問題，鬼神之事，若有若無，簡直不值得研究，形而上學的啞謎，更是不屑過問。孔子早有未知生焉知死之名言，誠以生之未能，遑論及死。我此次居留紐約，曾有牛津畢業之一位教師質問我，謂最近天文學說推測，經過

幾百萬年之後太陽漸滅，地球上生物必殲滅無遺，如此豈非使我們益發感到魂靈不朽之重要；我告訴他，老實說我個人一點也不着急。如果地球能再存在五十萬年，我個人已經十分滿足。人類生活若能再生存五十萬年，已經盡夠我們享用，其餘都是形而上學無謂的煩惱。況且一人的靈魂可以生存五十萬年，尚且不肯干休，未免夜郎自大。所以牛津畢業生之焦慮，實足代表日爾曼族心性，猶如個人之置五十萬年外事物於不顧，亦足代表中國人的心性。所以我們可以斷言，中國人不會做好的基督徒，要做基督徒便應入教友派（Quakers），因為教友派的道理，純以身體力行為出發點，一切教條虛文，盡行廢除，如廢洗禮，廢教士制等。佛教之漸行中國，結果最大的影響，還是宋儒修身的理學。

人文主義的發端，在於明理。所謂明理，非僅指理智理論之理，乃情理之理，以情與理相調和。情理二字與理論不同，情理是容忍的，執中的，憑常識的，論實際的，與英文 common sense 含義與作用極近。理論是求徹底的，趨極端的，憑專家學識的，尚理想的。講情理者，其歸結就是中庸之道。此庸字雖解為「不易」，實即與 common sense 之 common 原義相同。中庸之道，實即庸人之道，學者專家所失，庸人每得之。執理論者必趨一端，而離實際，庸人則不然，憑直覺以斷事之是非。事理本是連續的，整個的，一經邏輯家之分析，乃成斷片的，分甲乙丙丁等方面，而事理之是非已失其固有之面目。唯庸人綜觀一切而下以評判，雖不中，已去實際不遠。

中庸之道既以明理為發端，所以絕對沒有玄學色彩，不像西洋基督教把整個道學以的一段神話為基礎。（按《創世紀》第一章

記始祖亞當吃蘋果犯罪，以致人類於萬劫不復，故有耶穌釘十字架贖罪之必要。假使亞當當日不吃蘋果，人類即不墮落，人類無罪，贖之謂何，耶穌降世，可一切推翻，是全耶教教義基礎，繫於一粒蘋果之有無。保羅神學之論理基礎如此，不亦危乎？）人文主義的理想在於養成通達事理之士人。凡事以近情近理為目的，故貴中和而惡偏倚，惡執一，惡狂狷，惡極端理論。羅素曾言：「中國人於美術上力求細膩，於生活上，力求近情」"In art they aim at being exquisite, and in life at being reasonable."（見〈論東西文明之比較〉一文。）在英文，所謂 do be reasonable 即等於「毋苛求」、「毋追人太甚」。對人說：「你也得近情些」，即說「勿為已甚」。所以近情，即承認人之常情，每多弱點，推己及人，則凡事寬恕，容忍，而易趨於妥洽。妥洽就是中庸。堯訓舜「允執其中」，孟子曰「湯執中」，《禮記》曰「執其兩端，用其中於民」，用白話解釋就是這邊聽聽，那邊聽聽，結果打個對折，如此則一切一貫的理論都談不到。譬如父親要送兒子入大學，不知牛津好，還是劍橋好，結果送他到伯明罕。所以兒子由倫敦出發，車過不烈出來，不肯東轉劍橋，也不肯西轉牛津，便只好一直向北坐到伯明罕。那條伯明罕的路，便是中庸之大道。雖然講學不如牛津與劍橋，卻可免傷牛津劍橋的雙方好感。明這條中庸主義的作用，就可以明中國歷年來政治及一切改革的歷史。季文子三思而後行，孔子評以再斯可矣，也正是這個中和的意思，再三思維，便要想入非非。可見中國人，連用腦都不肯過度。故如西洋作家，每喜立一說，而以此一說解釋一切事實。例如亨利第八之娶西班牙加特琳公主，Froude 說全出於政治作用，Bishop Creighton 偏說全出於色慾的動機，實則依庸人評判，打個對折，兩種動機都有，大概較符實際。又如犯人行

兒，西方學者，唱遺傳論者，則謂都是先天不是；唱環境論者，又謂一切都是後天不是，在我們庸人的眼光，打個對折，豈非簡簡單單先天後天責任要各負一半？中國學者則少有此種極端的論調。如 Picasso 拿 Cezanne 一句本來有理的話，說一切物體都是三角形、圓錐形、立方體所併成，而把這句話推至極端，創造立方面一派，在中國人是萬不會有的。因為這樣推類至盡，便是欠中庸，便是欠庸見（common sense）。

因為中國人主張中庸，所以惡趨極端，因為惡趨極端，所以不信一切機械式的法律制度。凡是制度，都是機械的，不徇私的，不講情的，一徇私講情，則不成其為制度。但是這種鐵面無私的制度與中國人的脾氣，最不相合。所以歷史上，法治在中國是失敗的。法治學說，中國古已有之，但是總得不到民眾的歡迎。商鞅變法，蓄怨寡恩，而卒車裂身殉。秦始皇用李斯學說，造出一種嚴明的法治，得行於羌夷勢力的秦國，軍事政制，紀綱整飭，秦以富強，但是到了秦強而有天下，要把這法治制度行於中國百姓，便於二三十年中全盤失敗。萬里長城，非始皇的法令築不起來，但是長城雖築起來，卻已種下他亡國的禍苗了。這些都是中國人惡法治，法治在中國失敗的明證，因為繩法不能徇情，徇情則無以立法。所以儒家唱尚賢之道，而易以人治，人治則情理並用，恩法兼施，有經有權，凡事可以「通融」、「接洽」、「討情」、「敷衍」，雖然遠不及西洋的法治制度，但是因為這種人治，適宜於好放任自由個人主義的中國民族，而合於中國人文主義的理論，所以二千年一直沿用下來，至於今日，這種通融，接洽，討情，敷衍，還是實行法治的最大障礙。

但是這種人文主義雖然使中國不能演出西方式的法治制度，在另一方面卻產出一種比較和平容忍的文化，在這種文化之下，個性發展比較自由，而西方文化的硬性發展與武力侵略，比較受中和的道理所抑制。這種文化是和平的，因為理性的發達與好勇鬥狠是不相容的。好講理的人，即不好訴之武力，凡事趨於妥洽，其弊在怯。中國人互相紛爭時，每以「不講理」責對方，蓋默認凡受教育之人都應講理。雖然有時請講理者是為拳頭小之故。英國公學，學生就有決鬥的習慣，勝者得意，負者以後只好謙讓一點，儼然承認強權即公理，此中國人所最難了解者。即決鬥之後，中外亦有不同，西人總是來的乾脆，行其素來徹底主義，中國人卻不然，因為理性過於發達，打敗的軍人，不但不梟首示眾，反由勝者由國帑中支出十萬圓買頭等艙位將敗者放洋遊歷，並給以相當名目。不是調查衛生，便是考察教育，此為歐西各國所必無的事。其所以如此者，正因理性發達之軍人深知天道好還，世事滄桑，勝者欲留為後日合作的地步，敗者亦自忍辱負重，預做遊歷歸來親善攜手的打算，若此的事理通達，若此的心氣和平，固世界絕無而僅有也。所以少知書識字的中國人，認為凡鋒芒太露，或對敵方「不留餘地」者為欠涵養，謂之不祥。所以《凡爾賽條約》，依中國士人的眼光看來便是欠涵養。法人今日之所以坐臥不安時作惡夢者，正因定《凡爾賽條約》時沒有中國人的明理之故。

　　但是我也須指出，中國人的講理性，與希臘人之「溫和明達」（sweetness and light）及西方任何民性不同。中國人之理性，並沒有那麼神化，只是庸見之崇拜（religion of common sense）而已。自然曾參之中庸與亞里斯多德之中庸，立旨大同小異。但是希臘的思想風格與西歐的思想風格極相類似，而中國的思想卻與希臘的

思想大不相同。希臘人的思想是邏輯的、分析的，中國人的思想是直覺的，組合的。庸見之崇拜，與邏輯理論極不相容，其直覺思想，頗與玄性近似。直覺向來稱為女人的專利，是否因為女性短於理論，不得而知。女性直覺是否可靠，也是疑問，不然何以還有多數老年的從前貴婦還在曼梯卡羅賭場上摸摸袋裏一二法郎，碰碰造化？但是中國人思想與女性，尚有其他相同之點。女人善謀自存，中國人亦然。女人實際主義，中國人亦然。女人有論人不論事的邏輯，中國人亦然。比方有一位蟲魚學教授，由女人介紹起來，不是蟲魚學教授，卻是從前我在紐約時死在印度的哈利遜上校的外甥。同樣的中國的推事頭腦中的法律，並不是一種抽象的法制，而是行之於某黃上校或某郭軍長的未決的疑問。所以遇見法律不幸與黃上校衝突時總是法律吃虧。女人見法律與她的夫婿衝突時，也是多半叫法律吃虧。

在歐洲各國中，我認為英國與中國民性最近，如相信庸見，講求實際等。但是英國人比中國人相信系統制度，兼且在制度上有特著的成績，如英國銀行制度、保險制度、郵務制度，甚至香檳跑馬的制度。若愛爾蘭的大香檳，連叫中國人去檢勘票號（count the counterfoils）就是獎金都送給他，也檢不出來。至於政治社會上，英國人向來的確是以超逸邏輯，憑恃庸見，只求實際著名。相傳英人能在空中踏一條虹，安然渡過。譬如剜肉醫瘡式補綴集成的英人傑作——英國的憲法——誰也不敢不佩服的，誰都承認他只是捉襟見肘顧前不顧後的補綴工作，但是實際上，他能保障英人的生命自由，並且使英人享受比法國美國較實在的民治。我們既在此地，我也可以順便提醒諸位，牛津大學是一種不近情理的湊集組合歷史演變下來的東西，但是同時我們不能不承認他是世界最完善最理想的

學府之一。但是在此地，我們已經看出中英民性的不同，因為必有相當的制度組織，這種的偉大創設才能在幾百年中繼續演化出來。中國人卻缺乏這種對制度組織的相信。我深信中國人若能從英人學點制度的信仰與組織的能力，而英人若從華人學點及時行樂的決心與賞玩山水的雅趣，兩方都可獲益不淺。

第一卷第一號《申報月刊》

（選自《大荒集》，上海：生活書店，1934 年）

中國人與英國人
（節選）

儲安平

一

著者近撰《英國采風錄》一書，業由商務出版。該書所敍述者為該書著者所知之英國，而該書之著者則為中國之公民。以一個中國人敍述英國事，當他行文之際，他之常常不能自已地將他所屬的國家和他所敍述的國家作種種比較，亦為人情之常。但這種比較也僅是片斷而非全盤的，全盤而有系統的比較固有待於專書，而此非他目前學力之所能逮。

然而縱然是片斷的感觸，也究不能不有感觸的中心。著者常思及兩項問題：第一、中英兩國人民的性格，他們做人做事的精神，究竟有無相同相似之處？第二、多年以來，英國為一強國而中國為一弱國，一強一弱的道理究竟何在？就後者論，一國強弱的原因誠非一端，但英國的政治社會究為英國人的政治社會，而中國的政治社會又為中國人的政治社會，一個國家的興衰隆替，究不能說和這一國人民的性格習氣一無關係；故後一個問題的答案仍可於前一個問題中得之，而著者之感觸因之亦得納為一點，即中英兩國人民的性格及社會的風氣究竟有無異同，其間得失又為如何？

二

著者初初感覺中英兩國的民性及社會民氣，幾乎無一相似。但若稍加思索，這個答案顯然有欠謹慎。當我們說到英國人時，我們便會想到那為世人盛稱的「英吉利典型」——那些英吉利典型的人民。但當我們論及中國人，論述他們的性格、生活及事業時，我們便不得不先辨別我們所論述的中國人究竟是那一類中國人。現代的中國人實已失去了他們共有的同一的民族典型。在今日的中國人與中國人之間，至少可以大別為兩類，一為農民，一為知識分子。這兩類中國人在性格上實大相逕庭。

英人性格中最主要的一點是務實重行。英人不重視抽象的理論，很少幻想，不尚辭令及一切浮面的虛文。政治家策劃國家大事，曾不稍涉遐思，他們密切注視現實。他們發言率皆明淺樸實，而其決策和意見總是切合實際，力避好高騖遠。他們及一般官吏，總是集中精力於其職分內的工作，很少參加無關的公共集會，很少發表大而無當的演說。社會上華而不實的會議本就不多，會議而動輒發表冗長的宣言者，尤不多見。政府官員就職或新成立一個機關，不一定有隆重的儀式；人民對於一個官吏或一個機關的期望是他實際的工作而非他動人的辭令或輝煌的典禮。政府各部門總是儘量的在沉默中埋頭工作，而其工作亦能都按照步驟實事求是。在一般社會及人民的日常生活中，英人也都實實在在。英人治學大都嚴謹而刻實，他們對於美國人愛編教科書的態度，總不敢苟同。英人經營事業大都腳踏實地，不誇大，不游移，不僥倖，並十分注意工作的效率。他們對於一件事業，孜孜不倦，有始有終，總要得到一個結果，決不半途中廢。在人與人之間的往還中，也很少用巧佞

的辭令。英人通信總是直截了當地説自己所要説的話。見面接洽事務，也不先作寒暄，他們簡單扼要，對於數目則力求準確。以舌及權術為資本的職業政客在英國的土壤上殊不易滋生。大多數人都討厭抽象的理論，視無裨實益的空談為一種浪費。他們喜歡行動，他們最大的愉快是從實行中實現希望，獲得成功。英人因秉性沉默寡言，他們遂得將其精力集中於行動。英人這種務實重行的精神，使整個英國社會蓬勃有朝氣，使社會各階層各方面，都能結結實實，熱力充沛，潛有無限堅韌的力量。在承平時，他們虎虎有生氣；在危難時，他們能力抗狂瀾而不為狂瀾所撼。

著者以為中國的農民也頗務實重行，他們也是不長於抽象的理論的。在中國農民的日常生活中，他們大都腳踏實地，實事求是。他們有時雖因貧窮無告，不能自已地引起一些僥倖之心，但這僅是絕望中的愚念，初非運用想像的結果。他們生活裏的唯一要義是工作。農夫的耕耘，農婦的紡織，手藝工人的手藝，他們固無分寒暑，整年地自早至晚，孜孜不息。他們稱做工為「做活」或「做生活」，他們生活中除工作之外實無其他。中國古人本有勤儉起家之訓，儉為節流，勤為開源；開源之道，唯有茹苦耐勞，勤奮做事。中國農夫的勤勞是世人公認的。無論是大風大雨或者炎日當天，他們做活時從無畏縮懶惰之態。他們在施肥、犁田、插秧、戽水時，無不出心出力，與英人之在工作時既出全部精力（energy）復出全部能力（capacity），實堪媲美。在大旱或大水時，他們誠不免有打醮求神之事，人之在絕望中轉而乞求於天，亦為可恕之情理，但他們也並不因此即袖手坐待神助之來臨，倘有努力之道，他們固無不盡其最大的努力。鄉村中的公共事務如造橋、築路、築壩、填堰，以及禦盜、防匪、打醮、演戲、敬神、賽會等，也都能出錢出

力，一呼百應。所以在中國鄉村中，亦尚有說做即做的精神。鄉村中人情來往，送豬送布，也都能實實在在，不像城市中人送幾個空紙包，送者受者還要扭扭捏捏，推來推去。中國大多數的老百姓在他們的生活中，都務勞務實，克勤克儉。三家村上的長舌巧婦，究為偶有的點綴，而鄉紳先生喜歡在鎮上的茶館喝一杯清茶，也決不使他家裏的莊稼人，覺得喝茶聊天較下田做活為逍遙；何況這些鄉紳上茶館也非一無正經，他們判斷曲直，介紹婚姻，接洽善舉，也正為農村社會中不可或缺之事。中國一般老百姓的物質主義也殊與英人相去無幾，他們的娛樂生活，總是離不開有實體的東西，在農餘的陰曆年節中，他們演戲、舞燈、賭博，以及打鑼打鼓，固無一事要用抽象的思索力。

　　然而這種務實重行的性格，在中國知識階級的性格中，極其缺乏；至少就今日我們所見者論是如此。今日中國知識階級最大的特點，即為醉心於抽象的理論而好表面的虛文。中國知識階級之好表面的虛文，正如英人之好實際的行動，中國知識階級之不重視行動，又正如英人之不重視抽象的理論。今日中國政治上的人物好發表演說，並喜歡演說與他職務無關及與他所學無關的題目，而其演說常空泛不着一物，冗長而無一字足以震人的心弦。官吏就職或新機關成立，例有隆重的儀式，這種典禮既費人精力而又無什意義，但竟不可省。新官總不忘記在就職時陳述他所抱持的理想及計劃。理想與計劃誠屬必要，但尚未兌現的諾言，固毫無任何實質上的價值；不幸無實際價值的諾言，又充斥於中國的新聞紙上。帶有全國性的會議閉會時總要發表宣言，起草宣言的人參考已往所發的宣言時，又何嘗不覺得那些舊宣言大可拿來再發表一下？但總要於變換字句以免文章的雷同後，再發表一篇。政治上的設施舉措，遇有改

變時，必有一套套頭頭是道的理由，實則所有的理由都不是真正的理由。有些地方長官對於他本省的施政，定出一套理論，並繪成掛圖，張掛全省，其所用的名詞以及彼此相互關係，其系統的精密周詳，實充分表現了中國人的智慧，但實際施政，常與掛圖所標榜者相去甚遠，有時甚至竟如風馬牛之毫不相關。無論什麼集合，討論章程或條文時，則雖一字一句，亦會引起熱烈的辯論，經久而無結果。報紙上的新聞記載或讀者投書有涉及機關時，那個機關總要備函更正，詳述如何如何與事實不符，但對於投讀中所提的建議與批評，則缺乏研究的興趣。甚至強敵壓境，討論協助動員時，據報紙記載：「到會者均感情激動，以致發言盈庭而無結論」。至於一般私人生活之陷入於空浮而不知自拔者，更處處皆是。中國人寫信的那套虛文格式，成為了一種特殊的文體，即常人所稱的「八行」。無論寫信或面談，總要先兜很大的圈子，真正的事情放在最後才說。前方大捷常引起詩人墨客的詩興，使一個最最具有行動性的事實，在中國竟會成了一種最最缺乏行動的呻吟的材料。平心言之，今日中國人（以下言中國人係指知識階級）中又何嘗沒有做實際工作的人，否則我們這次戰爭中種種偉大的艱難的工程和事業焉有今日之成就？他們確能出汗出力埋頭工作。但我們從大體著眼，看今日中國社會的通病，究不能不承認大多數國人之好高而不切實際，重虛文而不重實質，喜放言而不埋頭實行，以致我們有多少事，唱了多年而無結果，或僅有外表而無實際，花費了許多金錢、時間、精力，而與實際的民生一無裨益。中國人的抽象能力確是豐富；可惜中國人的生命力在抽象的理論上耗費得太多了，以致在實行時，便不免畏葸軟弱，缺乏力量。其結果，遂使我們的社會上只是充滿了各種理論、口號、標語、宣言、計劃、報告、教規、條文、守

則、演說、座談等等。單從表面上看，我們的社會也是蓬蓬勃勃的，但一究實際，只是一股空氣。我們有時也確能振奮一時，但這種一時的振奮常是發乎感情而非出於理知，發於感情的只是「衝動」而非「行動」，「衝動」只能一時，「行動」才能持久。我們社會上各種制度和各種事業之常常更弦改張，也可歸之於中國人抽象能力之太強和感情之易於衝動。做事的人已較放言的人為少，再加上制度的時時更改，使社會的基礎益更變得遊蕩飄浮而不着實。中國人的生活也總不夠緊張，不夠認真，不夠嚴肅。譬如在這次戰爭中，除了一小部分如與軍事有關的工程、工礦、生產的人員及在前線實際作戰的部隊外，絕大多數人的生活依然是非常鬆弛的；戰爭僅影響了他們生活的程度，而未嘗激動起他們生活的熱忱。一般機關裏的辦事效率也依然如故，甚至有較戰前還鬆懈者。茲舉一事言之：有一個時期，在後方許多城市裏，地方政府常規定每日上午八時至下午三四時為疏散時間，不論有無警報，迫令人民疏散：強迫商人閉戶，強迫居民出城，禁止鄉人入城。在這時間中，全城罷市罷課罷工，整個社會陷於停頓的狀態。（許多人在無聊之餘，於是大打麻雀，以發泄其精力。）這種政策，美其名曰避免犧牲。假如全中國都是這樣「避免犧牲」，則我們的國家社會，無需外敵進攻，也會自趨崩潰！我們看英人，當一九四〇年希特勒對英倫發動空前的空中閃電戰時，倫敦的人民依然行其所行，無所畏懼。即使在警報中，工人依然做工，百貨公司依然交易，公共汽車、電車、出租汽車依然在街中行駛，醫生依然看病，機關職員依然辦公；直到敵機已臨上空時，始入地下室躲避。Vera Brittain《在英倫前線》一書裏有一段描寫倫敦的火車，大足代表英人在戰爭中的士氣：「從倫敦開出去的列車，並沒有受警報的阻礙。票房依舊售票，乘客也

依舊安坐在車廂裏……就在高射炮聲隆隆不絕，戰鬥機正在車站上空盤旋之際，開車的信號笛仍照常吹着，車守照常揚他的信號旗，而駛往海岸的列車也照常開出去，……這個火車站，也像英倫，也像被轟炸的民眾一般，是決不受威脅的，決不聽其業務停頓的。」英國在「不列顛之戰」及「倫敦之戰」裏竟能挺得住，一大半應歸功於英人，特別是倫敦人的不屈不撓。著者深信，本文的讀者當將這種情形和我們自己的一比，必不勝其慚愧。同時亦必能同意：假如我們平時能實事求是，行重於言的話，我們也許可以避免這次的浩劫，至少必可減少我們這次所受的災難的程度。

中國知識階級之重言不重行，好虛文而不好實質，是中國社會的可怕的慢性肺結核症。幸而中國的農民務勞務實，克勤克儉，又幸而克勤克儉的農民佔全國人口百分之八十以上。假如沒有他們的勤勞汗血，我們真不知我們的國家，更要貧窮虛弱到如何程度。但佔全國人口百分之八十以上的農民在國家的治理及國家的進步上，始終處於被動的地位，而統治的權力則操之於華而不實的知識階級手掌之中。賴有這樣的好農民，今日中國雖虛萎衰弱而尚未解體，正因中國士大夫不像農民那樣務實重行，所以中國社會總不能弄得結結實實，成為一個富強康樂的國家。

三

公共生活中的事業，依賴人人的群策群力。在簡單的原始的社會中，以一二人的力量即可舉辦一件公共事務，而獨善其身的人也可「一簞食一瓢飲」地過他獨善的生活。但今則時代改變，近代

社會的內容愈來愈複雜，人與人之間的組織及合作，在公共生活公共幸福中所佔的地位，也就愈來愈重要。有組織能力合作能力的社會，必定征服無組織能力無合作能力的社會，近代的歷史擺在我們面前，事實昭彰，不容否認。但「組織」與「合作」卻又為中英兩國民性的一大異點，亦即兩國一弱一強的另一原因。重行的英人有高度的合作能力及組織能力，而其主要原因則應歸功於英人的能自我約束（self control）。公共事業不可避免地要經過集體的行動，而在集體生活集體行動中，必須人人能自我約束。英人都非常真實，都能盡其本份，都有強烈的服務感，並有自省的習慣，所以他們在團體中，都能成為良好的分子，各盡其職，各盡其能，他們不需要他人的監督，他們也不甚有以個人為中心的自私意識。同時，英人不長於抽象能力，缺乏抽象能力的英人既重行而不重理論，故人人能以團體為重，而願犧牲他一己的意見。因為英人缺乏抽象能力，所以他們也缺乏妒忌的心理；妒忌實為公共事業的最大的敵人。英人重行動，只要對方也是行動之人（man of action），彼此即可組織起來。他們的人生觀念大體相同，他們的做事傳統也大體相同，再加上人人能約束自己的意志和感情，所以做事易於一致。行動一致則效率自然增高，效率高則事業自然蓬勃而能成功發展。

　　不重行的中國人組織和合作的能力都非常缺乏。中國人缺乏合作能力主要的原因，是他們的抽象能力太強。每人都有他自己的理想和辦法，而每人的理想和辦法又都是那樣精細，以致在團體行動中，意見總不易一致。在公共的集會中，總是辯論熱烈，有時且不免發生劇烈的爭執，人人都要貫徹他自己的意見，人人都不願犧牲或放棄他自己全部或一部分的意見。意見上的爭執又常常影響到私人的情緒，以致在行動時不能獲得和諧的精神和一致的步驟。在大

多數的情形下，爭執的結果使一部分人消極退出，退出的人且會作反對和消極的行為。有者則討論多時而一無結果，使最初的熱情都煙消雲散。抽象能力豐富的另一結果是妒忌心理的尖銳，人人不願他人成功而樂見其失敗，領袖欲強烈的人更不甘接受他人的指揮，因此在團體生活中不是明爭就是暗鬥，這些都易使公共事業受到致命的傷害而常中途夭折。

中國人不能合作的另一個原因是中國人無論在做人做事各方面都缺乏一種同一的傳統（tradition）。包爾温嘗言：「一律是一件壞東西」（uniformity is a bad thing），實則英人在做人做事的基本習慣上，差不多是全國一致的。工業社會中的英人，人人都是積極的，前進的，現實的。說話誠實、做事負責、遵守時間、講求效率、尊重他人的自由、生活富有規律等等做人做事的基本習慣，是全國普遍的。中國則完全缺乏這種情形。中國人有些做人很認真，有些做人很隨便。認真做人的人，他的生活態度一定很嚴肅，不苟且；隨隨便便的人則有酒且醉，得過且過。做人的精神根本不同，做事的方式自然大相逕庭。因之有些人講信義、守諾言、重效率、有熱忱，又有些人則有諾不守、有信不覆、約時不到、借錢不還，應做的事情一天一天的且推且過，一切馬馬虎虎。做人做事的根本精神沒有最低限度的同一標準，要彼此合作共事，實極苦痛，而事業之不易順利進行，亦勢有必然。中國人的私生活也極不一致；私生活本來無須求其一致，假如人類在私生活上尚不能自由自在，則人生更將缺少樂趣。但在英國，第一，至少在工作、休息、睡眠、飲食等一般生活上有大體相同的習慣；第二，假如參加團體生活時，各人必能約束個人的私人習慣而適合團體的公共習慣。在中國，很少人在公共生活中能約束他個人的意見，約束他個人的感

情，約束他個人的習慣與嗜好，想到自己以外的他人及團體。所以在中國，一切關於公共生活的組合如公共食堂、公共宿舍，以及公共廁所等，最難管理，最難得到圓滿的成績。你要睡眠，他偏唱戲，你愛清潔，他偏不顧公共衛生。中國人無論在私人生活或公共生活中，儘量放縱他自己的意志和感情，而毫不知有所約束。中國人只知一己而不知他人，只知獨行其是而不知與他人協力合作，所以中國的社會散漫而不凝結，鬆弛而不嚴密，只有一時的集合而不易有經久的組織，只有小規模的經營而不易樹立大規模的企業，人民的能力總是分散而不易集中，不能發揮出龐大的威力。

在中英兩國，都有幾句諺語，這幾句實可充分表示兩國的民性。英人有言：

> 一個英國人：一個呆子，
> 兩個英國人：一場足球，
> 三個英國人：一個不列顛帝國。

中國的諺語則為：

> 一個和尚挑水吃，
> 兩個和尚抬水吃，
> 三個和尚沒水吃。

四

中英兩國民性的另一個不同，是理性在兩國社會生活中所佔的地位的異殊。理性是英人政治生活及社會生活中的一個唯一的出發

點，若沒有英人那種重視理性的性格，則今日之英人固無今日之英國，而今日之英國社會亦必為另一種社會。

　　英人重視理性的結果，乃有英國的法治。英國的法治，一方面是自君王以至庶民，在法律之前人人平等，無一人得自處於法律以外；另一方面則官吏及人民都須依法行事，重公法而不重私情。就前者言，既自君王以至庶民，在法律之前人人平等，故官吏並無特殊的地位，也無法律以外的權力。官吏的權力由法律所賦予，官吏行使權力而超出法律所賦予的範圍，即為濫用權力，濫用權力為違法的行為，違法的行為即應受法律的制裁。官吏既無特殊的地位，故官吏違法時，亦受普通法律的制裁而由普通法院受理，一如平民所受之待遇；自首相以至巡警，法律法院對他們固無所寬假。就後者言，官吏及人民既須依法行事，故官吏行事固不能越出法律，人民的行為也不能違犯法律。這種守法的精神發揮到了極點，於是無論在政治生活或社會生活中，處處是大公無私，循規蹈矩。官吏既不能濫施權力，故人民亦無須畏懼官吏。官吏的進退升降既悉有序，下級官吏只要無失職違法之事，他們亦即無須趨奉其上峰。人才的選拔既不復依賴私人的援引，而社會各種事務又照章辦理，則大家亦即無須鑽營奔走，託人干求。人人可以節省許多精力，社會可以減少許多不平。法律原是經過審慎思慮而制訂的。（所謂「法律不外人情」，指此而言，非謂法律以外另有人情。）但是不僅法律的本身是理性的產物，而要服從法律遵守法律，尤須出之理性。唯有訴諸理性，社會始能在合法的軌道中循序漸進。

　　英人重視理性的另一結果是一切糾紛用理性來解決而不訴諸武力。英國的政黨制度就是一種合理的政治競爭的制度，用公開的方

式，使政治上不同的意見都能得到他們合理的排泄的軌道；政見不同的各方面，不訴諸武力而訴諸人民的裁判：為人民所擁戴者，上台執政，實現其政策；不為人民所擁戴者，掛冠而去，以順民意。英國歷史上純粹感情用事之事，除一六四九年之查利一世被弒外，幾不多見；而用流血及武力來解決政治上之衝突者，亦較他國為獨少。民主政治本就是一種理性政治。假如人民不善用其理性，他們不會選出好議員，假如議員不善用理性，他們不會組織成健全的國會，假如人民及議員都不能善用其理性，則國家不能產生好的首相及健全的內閣。在君主時代，只要有一個人（君主）開明講理，也會政治清明，民安國治。但在民主時代，則非人人或大多數人能善用其理性不可，否則即難望有合理的上軌道的政治。依麗薩伯女王雖然在感情上敵視其大臣塞西爾爵士（Sir William Cecil），但關於國家大事，則又無不聽從其計。維多利亞女王一生中，雖然憎惡某些大臣，但為了國家，竟不能不請他們出而為相；她和她的首相之間，常常發生爭執，但當她的抗議堅不為其首相所接受時，她也不勉強他接受，因為英王在憲法上的權利只止於商議與警告，而最後的決定，其權固操之於首相。愛德華八世既不願有負其鍾愛之女子，亦即唯有自動遜位，以解決因其婚姻問題而引起的憲政危機。近代英國的保守黨所以能自存於民主的新世界中，實得力於狄士累利（Disraeli）的激勵，狄氏嘗變易了保守黨的性質，「他要上等階級誠實地接受國內已變的狀況，要他們不再因特權的失卻而坐在家中發氣，要他們走入通街大道，以愛國的熱忱及帝國的利益來博得民眾的歸從。」英人愛稱一六八八年的革命為「光榮革命」（The Glorious Revolution）者，即因不經流血、內戰、屠殺、放逐或報復，即能變換一個朝代，並使多年不能解決的宗教的及政治的糾

紛，竟得基於大眾的同意而得到圓滿的解決。而革命後的最初幾月中，「托立」「輝格」（Tory, Whig）兩黨，亦無不平心氣和，各自讓步，各棄宿怨，竭誠合作，以渡過當時外有法蘭西之戰，內有愛爾蘭之失及蘇格蘭之分裂的危急存亡的局面。大至宮庭國事，小至民間糾紛，英人固無一不訴諸理性，以覓取最好最合理的解決。著者在英時嘗目睹兩車相撞，兩車的車主很安靜地下車檢視自己的車身，遠處的警察也走了過來，抄錄汽車的照會號碼，肇事的雙方都不出一句齟語，又各分頭開車而去，靜待一二日後警廳的傳審。賴有英人這種理性的修養，英人社會始得和平安定，而各種事業亦得蒸蒸日上。

並世各國，論社會的公道，固無有逾於英國者，而公道（fair play）則純為理性的產物。英人最好直道（love of justice），是非公私，分明清楚。有才有智有德之士，總有人頌揚他、愛戴他、鼓勵他、酬勞他，而出賣公共利益的人，則必為眾口所不容。所以有能力有抱負的人，不須短氣，只要在正道上努力奮鬥，不怕不能成功，而且成功之人也無須中途引退，他可效忠國家，死而後已。而想作惡的人總不敢再稍存作惡之念。英人之公道固不只止於有是非，英人的公道精神的最高表現在他們之能容忍異己，尊重對方。賴有這種精神，英人才能保持他們千百年來的種種政治的及公民的自由；賴有這種精神，在政治上才能完成兩黨制度，在社會上才能和衷共濟，融融洽洽。為英人所最喜愛的拳擊（boxing），在以力勝之中固帶有以德勝的原則，在各種運動比賽中，無不須遵守一定的規則，而勝者敗者亦恆能於比賽畢事後握手互敬。一八三三年國會通過《奴隸解放法案》（*Act for the Emancipation of Slaves*）廢止各殖民地的奴隸制度時，且自動以二千萬鎊之鉅款津貼奴主，以彌

補其放奴的損失。在當時為英人天字第一號敵人之拿破崙，被英人拘於厄爾巴島（Elbe）時，竟有成千成萬的英人在倫敦示威，抗議以這樣一種待遇加之一個赫赫一世的大英雄，以致百日之戰後，英人重將拿翁困居於聖赫倫島（St. Helena）時，竟不得不保守秘密而不敢重為人民所知。蒙哥馬利將軍在戰地公開對德國隆美爾將軍及倫斯德特將軍表示傾服，他盛稱倫斯德特的知兵善將，甚至說：「我常常想，假如我能夠置身在倫斯德特將軍頭腦中一兩分鐘，我也將引為終生幸事。」尼赫魯有一本著作，大不利於英國，然英國的出版家仍為之出版，英政府亦未加以何種干涉。近兩三百年來，英國政府在其外交殖民政策中，殊不乏有失自尊的行為，但是也只有英人有不直自己的政府而為被欺侮的人民申冤的雅度。這種公道的精神，實為人類生活中可以大書一筆之事。這樣一個社會必然充滿了友愛、融和、直道及光明，而一切霸道邪道曲道都在正道的氛圍中不易抬頭。

回觀中國，中國人非無理性，但中國人的理性，至少在今日是如此，大都僅見之於文字及辭令之中，在實際的政治生活及社會生活中，理性的痕跡極其微弱。有一個高級黨政的負責人曾親對著者說，人世間有三件事沒有理性，其一為戀愛，其二為宗教，其三為政治。這種從事政治而可以不講理性的論調，至少可以代表目前中國一部分人的作風。多年以來，中國的政治實以強力為核心。我們即使不能說沒有一個中國的政府是建築於人民出於衷心的支持以上的，我們至少可以說，在中國，當政者若無足夠的武力，其政權必不易穩定存在，依賴強力而不依賴理性來解決人與人之間、人與團體之間、及團體與團體之間的衝突，在中國社會上實到處皆是。一

般說來，兵士對於老百姓的態度總是很強橫的。他打了老百姓，他還要傲然說：「打了你又怎麼樣？」我們在郵局寄信、銀行取款、車站買票、海關報單、去衙門接洽公事，在水陸碼頭受軍警的檢查⋯⋯我們除默默地忍受他們的蔑視、沒有禮貌、欺侮、侮辱、甚至虐待外，我們竟無法可想。因為普通的無告的人民之無法對抗他們，其理由正如一個單身漢之不能同時抵禦十人或十二人同樣簡單。團體與團體之間的衝突也悉憑彼此勢力的大小，所以在中國，軍人及軍隊到處都是有勢有力。中國內戰之多，實開現代國家之最高紀錄，而真正的「政黨政治」在最近將來的中國也似乎很少希望。無能力使用刀劍以解決衝突者，至少也必拍桌大罵；受過高等教育的或未受過高等教育的，他們在衝突中所表現的解決衝突的態度，殆無太大的不同。

中國人不以理性而以感情駕馭一切的另一個現象即為好講私情。英人的社會以法為中心，中國人的社會以人為中心，大如國家的制度，常常以一人為轉移，小至買一張車票，也視有無人事關係而決定買到之先後或有無。中國實是一個人情的社會，無論大事小事，若有人的關係，總會得到或多或少的方便，所以即使是一封八行或一張名片，在中國社會上無不有它的效用。在中國，既無事不講人事關係，能鑽營的人總要比不能鑽營的人多佔些便宜，故人人乃在交際、請客、聯絡、接納、奔走、趨奉上用功夫，大部分時間耗費於應付人事，而份內的事務反無充分的精力去照顧。一般說來，顧私總不免要損公，所以我們的社會遂到處充滿着不合理不合法和不公正；一個不合理不合法不公正的社會，自然是一個不健全的病態的社會。

人人重私的結果是社會無是非，無公道。利害已成為今日中國社會判別是非的最大出發點；是非而跟着利害走，則所謂是非者亦早就不是真是非。在中國社會上，愈是有才氣的人，愈容易見忌招禍；事業愈成功，所受的災難風險愈大，有時竟會使生命的安全也將因事業的發展而終至不保。至於尊重異己的雅度，在中國更缺乏，一個重私情重利害而缺乏理性的人，焉能希望他能容納與他相反的敵人！中國社會從不積極鼓勵人繼續向善，所以我們民間乃有「功成身退」、「得意不宜再往」一類的戒條，而事實亦恆能證明這些戒條不失為金玉之言。中國人未必都無良知，但有良心的人也殊不易不敢或不願出頭說話，因為不法之徒總不免要互相勾結以作惡，而政府及一般社會都不能給主張公道的規矩人物以有效的保障，所以規矩人只得獨善其身，不能出而領導發生一種正論的作用，而道義也就日見湮沒而不復申昌。蘇三起解中那個解子的幾句開場白：

　　　　我說我公道，你說你公道。
　　　　公道不公道，自有天知道。

　　很可代表中國社會上的公道觀。無是非無公道的社會必是一個黑暗的混沌的退步的社會，所以我們的人心總是不能振奮，而我們的國家社會遂亦總是停滯而不能前進。

（選自《英國采風錄》，長沙：嶽麓書社，1986 年）

著者簡介

梁啟超（1873–1929）

字卓如，一字任甫，號任公，又號飲冰室主人、飲冰子、哀時客、中國之新民、自由齋主人。清朝光緒年間舉人，中國近代思想家、政治家、教育家、史學家、文學家。戊戌變法（百日維新）領袖之一、中國近代維新派、新法家代表人物。

代表作品：《中國近三百年學術史》、《中國歷史研究法》等。

魯迅（1881–1936）

浙江省紹興人。原名周樹人，字豫才，小名樟壽，至 38 歲，始用魯迅為筆名。文學家、思想家。1918 年發表首篇白話小説《狂人日記》，震動文壇。此後 18 年，筆耕不綴，在小説、散文、雜文、散文詩、舊體詩、外國文學翻譯及古籍校勘等方面貢獻卓著，創作的眾多文學形象深入人心。他的作品有不朽的魅力，直到今天，依然擁有眾多讀者。

代表作品：《朝花夕拾》、《吶喊》、《彷徨》等。

徐志摩（1897–1931）

浙江海寧人，原名章垿，字槱森，小字又申，赴美留學前改名志摩。現代詩人、散文家，新月社發起人之一，曾任北大教授。除在新詩方面取得卓越成就外，文學創作還涉獵散文、小説、戲劇、翻譯等領域。

代表作品：《再別康橋》、《翡冷翠的一夜》等。

林語堂（1895-1976）

福建龍溪（漳州）人，原名和樂，後改玉堂，又改語堂。一代國學大師，現代着名作家、學者、翻譯家、語言學家。曾多次獲得諾貝爾文學獎提名的中國作家。將孔孟老莊哲學和陶淵明、李白、蘇東坡、曹雪芹等人的文學作品英譯推介海外，是第一位以英文書寫揚名海外的中國作家。

代表作品：《京華煙雲》、《吾國與吾民》、《生活的藝術》等。

陳源（1896-1970）

字通伯，筆名陳西瀅，江蘇無錫人。文學評論家、翻譯家。1924 年，在《現代評論》雜誌主編《閒話》專欄期間，與魯迅結怨，二人爆發多次筆戰。

代表作品：《西瀅閒話》、《多數與少數》等。

梁實秋（1903-1987）

原名梁治華，生於北京，浙江杭縣（今餘杭）人。筆名子佳、秋郎等。散文家、文學批評家、翻譯家，國內首個研究莎士比亞的權威，曾與魯迅等左翼作家筆戰不斷。

代表作品：《雅舍小品》、《槐園夢憶》等。

夏丏尊（1886-1946）

浙江紹興上虞人。名鑄，字勉旃，後改字丏尊，號悶庵。文學家、語文學家、出版家和翻譯家。開明書社創辦人之一，創辦《中學生》雜誌。一生致力於教育，矢志不渝。曾與魯迅先生等參加反對尊孔復古的「木瓜之役」。

代表作品：《白馬湖之冬》、《文藝論 ABC》等。

廖沫沙（1907-1991）

原名廖家權，筆名繁星，湖南長沙人，著名作家，雜文家。

代表作品：《鹿馬傳》、《分陰集》等。

秦牧（1919-1992）

廣東省澄海縣人。現代作家。20世紀30年代末開始發表作品。寫作範圍頗廣，但以散文為主。他的文章搖曳多姿，光彩照人。藝術特徵鮮明，風格獨具，與眾不同。秦牧散文特點之一，是言近旨遠，哲理性強。

代表作品：《土地》、《長河浪花集》等。

周作人（1885-1967）

原名櫆壽，字星杓，後改名奎綬，自號起孟、啟明、知堂等。魯迅之弟，周建人之兄。周作人精通日語、古希臘語、英語，並曾自學古英語、世界語。其致力於研究日本文化五十餘年，深得日本文學理念的精髓。其筆觸近似於日本傳統文學，以溫和、沖淡之筆，把玩人生的苦趣。

代表作品：《藝術與生活》、《苦竹雜記》等。

郁達夫（1896-1945）

原名郁文，字達夫，幼名阿鳳，浙江富陽人。中國現代著名小説家、散文家、詩人。他在文學上主張「文學作品，都是作家的自敍傳」，具有濃厚的浪漫主義傾向。

代表作品：《沉淪》、《故都的秋》、《春風沉醉的晚上》等。

老舍（1899-1966）

原名舒慶春，字舍予。因生於立春，取名「慶春」，意為前景美好。上學
後，自己更名為舒舍予，意在「捨棄自我」。現代小說家、作家。老舍的
語言俗白精緻，他自己說：「沒有一位元語言藝術大師是脫離群眾的。」
因此，在其作品中，一腔京味兒，很是動人。

代表作品：《駱駝祥子》、《四世同堂》等。

王力（1900-1986）

字了一，廣西博白人。語言學家、教育家、翻譯家、散文家和詩人。中國
現代語言學的奠基人之一，師從梁啟超、王國維、趙元任、陳寅恪等。

代表作品：《漢語詩律學》、《漢語史稿》等。

儲安平（1909-1966）

江蘇宜興人，中國近代學者、知識分子。

代表作品：《說謊者》、《英人・法人・中國人》等。

課堂外的讀本系列

陳平原、錢理群、黃子平　編

1.　男男女女　魯　迅、梁實秋、聶紺弩　等　ISBN: 978-962-937-385-6

2.　父父子子　魯　迅、周作人、豐子愷　等　ISBN: 978-962-937-391-7

3.　讀書讀書　周作人、林語堂、老　舍　等　ISBN: 978-962-937-390-0

4.　閒情樂事　梁實秋、周作人、林語堂　等　ISBN: 978-962-937-387-0

5.　世故人情　魯　迅、老　舍、周作人　等　ISBN: 978-962-937-388-7

6.　鄉風市聲　魯　迅、豐子愷、葉聖陶　等　ISBN: 978-962-937-384-9

7.　說東道西　魯　迅、周作人、林語堂　等　ISBN: 978-962-937-389-4

8.　生生死死　周作人、魯　迅、梁實秋　等　ISBN: 978-962-937-382-5

9.　佛佛道道　許地山、周作人、豐子愷　等　ISBN: 978-962-937-383-2

10.　神神鬼鬼　魯　迅、胡　適、老　舍　等　ISBN: 978-962-937-386-3